AUTOPSIE D'UN PETIT SINGE

Toxicologue, expert auprès de la NASA et de diverses grandes entreprises, Andrea H. Japp est née à Paris en 1957. Elle s'est lancée dans l'écriture de romans policiers en 1990 avec *La Bostonienne*, qui remporte le Prix du festival de Cognac en 1991. Cultivant deux veines bien distinctes, la comédie policière et le suspense, *La Femelle de l'espèce*, Masque de l'année 1996, et *La Parabole du tueur*, le premier thriller mettant en scène Gloria Parker-Simmons, l'ont consacrée comme révélation française de ces dernières années.

ANDREA H. JAPP

Autopsie
d'un petit singe

LIBRAIRIE DES CHAMPS-ÉLYSÉES

LE PASSAGE D'UN ANGE

Le bruit des cloches, familier et assourdi par la neige, tira Jeanne d'un sommeil en pointillé à 6 heures du matin.

C'était la veille de Noël. Au demeurant, cela ne voulait plus dire grand-chose pour elle, si ce n'était la veille de la naissance d'un enfant qui, peut-être, avait changé le monde. Le souvenir attendri des grandes fêtes de famille passées la fit sourire. Mais son mari était mort, il y avait déjà si longtemps qu'elle s'en souvenait à peine. Quant à son unique fils, il vivait en Nouvelle-Calédonie et se fendrait sans doute d'un coup de téléphone ce soir. Jeanne se demandait parfois si elle était responsable de leur éloignement, plus sentimental que géographique. Après tout, l'avait-elle suffisamment aimé, le lui avait-elle suffisamment fait savoir ? Elle était d'un lieu et d'un temps où les femmes devaient faire des enfants et travailler. Qu'elle ait eu un fils du premier coup l'avait dispensée d'autres grossesses et elle l'avait fait comprendre.

Jeanne se leva en s'aidant du cadre du vieux lit. Son dos était douloureux mais cela irait mieux dès qu'elle aurait fait bouger un peu ses articulations. Elle réchauffa dans la cuisine le reste de café de la veille et regarda par la fenêtre. Les minuscules fourches grêles laissées par les pattes des moineaux formaient une sorte de jeu de piste précaire qui la distrairait un moment. Elle leur mettrait un peu de suif et des brisures de riz tout à l'heure. Elle économisait le sac qu'elle avait acheté au supermarché, ne leur distribuant plus de nourriture que tous les deux jours. D'un autre côté, il ne fallait pas qu'ils s'habituent trop à cette manne et elle redoutait le moment où, le sac terminé, leurs pépiements vindicatifs se perdraient dans le silence anesthésiant de la cour enneigée.

Elle sortit du placard sous l'évier un reste de vin rouge, le coupa d'eau et le fit tiédir dans une casserole avec une cuillerée de sucre. Elle enfila ses bottillons en plastique vert sombre et serra autour d'elle sa vieille robe de chambre trop légère dont les grandes fleurs semblaient avoir coulé au fil des lavages. Tenant précautionneusement la petite cuvette bleue dans laquelle elle avait versé le vin, elle se dirigea vers l'écurie.

Belle avait accouché dans la nuit d'un magnifique poulain qui n'avait eu besoin que de quelques secondes pour se redresser sur ses jambes, étrangement longues et déjà finement musclées. Ce début de nuit était sans doute le seul cadeau qu'aurait Jeanne cette année, mais c'était le seul qu'elle voulût. Les grands yeux doux de la jument, couchée sur le flanc, n'avaient pas lâché ceux de Jeanne tout le temps du travail. Jeanne l'avait aidée, comme elle aurait aidé une femme. Les narines duveteuses de Belle étaient humides de la buée qu'elle expirait. L'encolure puissante et franche se trempait d'une sueur qui assombrissait la robe d'un auburn cuivré. Belle donnait parfois un coup de tête brutal en soufflant et Jeanne la calmait en lui caressant le flanc. Elle n'avait pas même songé à appeler le vétérinaire, parce qu'elle n'était pas certaine qu'il se déplace et qu'elle se sentait trop vieille pour haïr quelqu'un. Qui ignorait encore, dans ce coin de terre où tout s'entend, tout se sait mais rien ne se dit, qu'on lui avait coupé l'électricité quelques mois auparavant et que le téléphone ne lui servait plus depuis longtemps que de presse-coupures-de-journaux ?

Jeanne ne parvenait à nourrir Belle que grâce à la générosité calculatrice du baron de Caralou. Il voulait Belle comme on veut une maîtresse. Il accompagnait toujours l'ouvrier agricole du domaine qui livrait la paille et l'avoine. Il saluait Jeanne d'un sempiternel :

— Je vous rends une petite visite, ma bonne Jeanne.

A son regard qui fuyait aussitôt vers la porte de l'écurie, elle savait qu'il venait assouvir un désir qui le tenait depuis des années : voir Belle, la toucher, la respirer. Jeanne n'aimait pas cet homme sec et autoritaire, mais elle lui accordait son respect parce qu'ils aimaient, convoitaient tous les deux la même perfection.

Belle s'avança vers elle dès qu'elle entendit la porte de l'écurie glisser sur son rail. Elle huma le contenu de la cuvette et détourna légèrement la tête.

— Bois, ma Belle. Ça va te donner un coup de fouet.

Belle baissa la tête et Jeanne frôla ce petit triangle de peau d'une invraisemblable douceur qui séparait les narines. La jument but doucement, son regard collé à celui de la grande femme qu'elle avait adoré porter dans les champs au petit matin, entendre rire aux éclats lorsqu'elle partait comme une flèche, s'envolant presque, ses pieds effleurant à peine la poussière terreuse des sentiers. Il y avait eu, entre les flancs nerveux de l'animal et la pression des cuisses autoritaires et amicales de la femme, un mariage de raison puis de passion.

Jeanne contempla le poulain. Elle n'avait pas encore trouvé de nom qui lui convînt et comptait superstitieusement sur l'inspiration de cette veille de Noël, tout en s'en défendant. Caralou en ferait une jaunisse. Car ce poulain aussi était un miracle. Jeanne le savait rien qu'à son maintien, la façon qu'il avait de pousser sous le ventre de sa mère, la force de ses jambes. Il tenait de sa mère, c'est fréquent chez les mâles premiers-nés. Elle tendit la main vers le poulain, paume vers le ciel. Il recula et se colla contre le flanc de Belle. Jeanne sourit de bonheur : depuis quand n'avait-elle pas souri de la sorte ? Elle avait oublié. Elle sortit de l'écurie et traversa la cour glacée en prenant garde de ne pas tomber.

Guillaume Latelle termina son bol de café presque froid. La perspective de descendre à son étude ne l'enchantait pas. Mais Anne ne sortirait pas de la salle de bains avant de l'avoir entendu partir. Elle trouverait encore une troisième couche de vernis à appliquer de toute urgence sur ses ongles, ou un indispensable changement de chignon à réaliser. Il se dit, comme chaque matin depuis des mois, qu'il était inutile de traîner, de prolonger son supplice et l'exaspération de sa femme. Ce soir, lorsqu'il rentrerait, elle lirait, recroquevillée dans le canapé, se caressant la cheville d'un geste inconscient qui donnait aussitôt envie à Guillaume de l'allonger sur les coussins jaune d'or. Mais bien sûr, elle serait fatiguée et puis les antidépresseurs qu'elle prenait altéraient l'instinct sexuel, du reste, c'était écrit sur la notice, elle pouvait la lui montrer. Ils dîneraient rapidement. Il lui raconterait les anecdotes les moins teintées de ses occupations du jour, elle sourirait en faisant un effort pour prendre l'air intéressé et répondrait par monosyllabes interchangeables de peur qu'un « non » ou un « oui » tombent également mal à propos. Ils regarderaient sans doute la télévision puis monteraient se coucher. Elle prendrait comme d'habitude des somnifères pour fuir les insomnies de Guillaume dans un sommeil lourd et sans concession.

Guillaume Latelle s'installa devant son bureau Empire et frissonna en dépit de la chaleur étouffante de la pièce. Il s'accorda quelques minutes de rêveries désagréables en attendant l'arrivée de sa secrétaire. A quand remontait ce divorce confidentiel qu'il supportait sans oser s'en plaindre, de peur qu'Anne se décide enfin à le quitter tout à fait ? Il tenta de contraindre ses yeux qui remontaient sans qu'il le veuille pour escalader le mur blanc qui lui faisait face, se faufiler centimètre par centimètre jusqu'au tableau. Son regard lui échappa tout à fait et détailla pour la millième fois l'huile longue et basse de Rosa Bonheur. Des chevaux de trait, peut-être des flamands. Qu'en savait-il après tout ? Tout remontait au tableau, enfin peut-être pas, mais tout s'était cristallisé autour de ce cadeau qu'il voulait offrir à Anne, parce qu'elle aimait les chevaux avec passion et que lui l'aimait avec déraison. Il n'avait jamais voulu qu'Anne, depuis le lycée. Vivre avec Anne, épouser Anne, faire l'amour avec Anne était devenu au fil des années la seule chose qui comptât. Le reste avait suivi cette unique tension. Rien de ce qui le constituait ne l'étonnait, ne l'intéressait même, et Anne était tout ce qu'il n'était pas. Elle était pleine de vie, drôle, généreuse, fantasque et rebelle. Belle. Pourquoi l'avait-elle épousé ? Il n'en avait aucune idée d'autant qu'il était convaincu que ce n'était ni le confort ni le luxe qu'il pouvait lui offrir qui l'avait décidée. Ne pas comprendre le choix d'Anne l'avait terrorisé dès le premier jour car il se disait qu'elle pourrait le quitter comme elle l'avait accepté, sans qu'il sache pourquoi.

Un soir de juin qu'ils dînaient sur la terrasse, il était monté chercher la toile et la lui avait tendue sans un mot. Elle l'avait regardée, souriante et étonnée. Son anniversaire tombait en septembre. Répondant à sa question muette, il avait déclaré timidement :

— C'est juste pour te dire que je t'aime.

Elle avait déchiré fébrilement le papier indigo, arrachant le gros nœud en satin qu'il avait passé dix minutes à confectionner et il avait aimé sa voracité. Il se souviendrait toute sa vie de la succession rapide d'émotions qu'il avait déchiffrées sur son visage. Le plaisir, la joie, l'émerveillement puis, comme une ombre, un froncement en demi-teintes, un voile incertain. Ensuite, ses yeux s'étaient remplis de larmes, elle avait serré les lèvres et avait délicatement posé le tableau contre le pied d'un fauteuil de jardin.

— Il est magnifique, Guillaume, avait-elle murmuré d'une voix douce. C'est un Rosa Bonheur, n'est-ce pas ? Mets-le dans ton bureau.

Il avait cru avoir mal entendu et était resté bouche bée. Elle s'était levée et s'était dirigée vers la cuisine, emportant son assiette à peine entamée. Il l'avait suivie, d'abord furieux.

— Il ne te plaît pas ? avait-il demandé d'un ton sec.

Elle s'était retournée vers lui et la larme qui glissait le long de son nez avait foudroyé Guillaume contre la porte de la cuisine.

— Si, c'est une merveille. A qui appartenait-il ?

Soudain cassante, elle avait repris d'un ton sifflant :

— C'était un bel inventaire, n'est-ce pas ? Ils ont tout perdu, ou tu leur as laissé leur maison ? (La voix coupée de sanglots secs, elle avait terminé :) Moi, tu vois, je crois que je serais désespérée si je devais vendre une toile comme celle-ci au rabais, pour sauver les meubles. Car tu l'as rachetée à un bon prix, n'est-ce pas ?

Sur le moment, il avait pensé que c'était une de ses réprimandes habituelles sur l'essence de son métier et n'avait pas voulu lui réciter à nouveau toute la liste d'arguments qu'il avait mis au point pour ce genre de circonstances. Elle savait qu'il était huissier lorsqu'elle l'avait épousé. Après tout c'est un métier comme un autre. Il faut bien que les gens paient leurs dettes parce qu'il n'y a pas de raison que leurs créanciers deviennent leurs victimes. Il faut toujours payer ce que l'on doit, et l'état de débiteur est un état confortable parce qu'il est touchant. Il avait pensé qu'elle se serait calmée au soir et qu'il trouverait le tableau accroché au-dessus de son bureau. Guillaume avait toujours adoré cette manie d'Anne de collectionner — elle disait « squatter » — autour d'elle, de ses lieux, les choses qu'elle aimait le plus. Elle lui évoquait une souveraine égyptienne, s'entourant de ses objets chéris pour un voyage vers un au-delà énigmatique. Il y avait dans cette petite pièce qui lui servait de bureau — elle disait « salle de rêvasseries » — un amoncellement de choses hétéroclites et pas forcément jolies : deux tasses chinoises en fine porcelaine verte qu'elle tenait d'une tante adorée, morte lorsqu'elle avait 7 ans, un dictionnaire Larousse de la fin du siècle dernier, ayant appartenu à un certain Camille, dont elle ignorait tout si ce n'est qu'il était mort lors de la Grande Guerre, et cette petite table de couvent Louis XIII qu'il lui avait offerte au début de leur mariage parce qu'elle la regardait avec des yeux de chat dans la vitrine d'un anti-quaire bordelais. Anne, lorsqu'elle ajoutait une pièce à ce musée personnel, déclarait en riant qu'elle allait faire un « petit pipi sur les murs ». Un grand cendrier en verre dépoli avait ainsi disparu du bureau de Guillaume et il avait adoré le retrouver plein de bagues et de colliers sur une étagère de « la salle d'Anne ». Un grand vase chinois, qui avait passé plusieurs années dans le morne anonymat d'un bout de couloir, faisait maintenant une éclatante carrière de porte-vieux-parapluies sous sa fenêtre. Guillaume aimait à venir parfois dans ce petit monde d'Anne. Il aimait y être invité à boire un verre, à parler de tout et de rien. Mais c'était avant. Il n'était plus invité depuis Rosa Bonheur et s'imposer aurait été parfaitement incongru.

Lorsqu'il était rentré ce soir-là, il avait retrouvé le tableau à la même place, et Anne s'était enfermée dans son petit monde. Sur le moment, sa frustration était telle qu'il avait pensé avec énervement que l'attente suffirait à régler le problème, sans doute parce que la patience était totalement étrangère à Anne et que ces sortes d'armistices qu'il calculait la poussaient toujours à réagir. Mais cette fois-là, elle n'avait pas explosé, elle n'avait pas tempêté, brouillonne et agressive. Guillaume avait découvert une Anne absente et lisse, une Anne qui pouvait abandonner dehors, trois jours durant, un tableau qui faisait hennir des chevaux, une Anne qui souhaitait qu'une indécente pluie détruise ce qu'elle devait aimer. Guillaume avait découvert une Anne étrange et dangereuse, dont le silence le terrorisait. Il avait été suffisamment lucide pour savoir qu'elle ne mentait pas, parce qu'elle ne savait pas comment on s'y prend. Ce n'était pas un de ces stratagèmes où les femmes excellent. Elle ne l'ignorait pas pour le fasciner, le capturer plus sûrement encore. Elle l'ignorait parce qu'elle était en train de le gommer progressivement. Abasourdi, Guillaume avait eu la fulgurante conviction que si Anne parvenait à le faire disparaître de son petit monde, il n'existerait plus nulle part, parce qu'aucun autre endroit ne l'intéressait.

L'avait-elle aimé un jour ? Il n'aurait jamais le courage de lui demander, lui qui n'avait peur de presque rien. Elle ne l'aimait plus, de cela il était certain. L'amour peut-il revivre ? Que faut-il faire pour qu'il revienne où il doit être ? Il assistait, impuissant, aux funérailles d'une histoire d'amour qui l'enterraient vivant.

Il avait attendu encore quelques jours, regardant le tableau posé contre le pied du fauteuil en rotin, surveillant la couleur du ciel, parce que cette huile qu'il avait à peine regardée, qu'il avait achetée comme on achèterait un calendrier des Postes pour peu qu'il y ait un cheval dessus, valait plusieurs dizaines de milliers de francs, même s'il l'avait, en effet, emportée à bon prix. Guillaume avait pour l'argent le respect de quelqu'un qui en a cruellement manqué et qui s'émerveille toujours de sa puissance. Juin avait menacé, les nuages s'étaient rapprochés, accumulés, semblant se concerter avant l'assaut. Guillaume avait descendu le tableau dans son bureau. C'était une erreur. Il l'avait su au moment où il l'avait accroché en face de lui. C'était comme un souvenir tenace et malfaisant, comme le pli crispé des lèvres d'Anne. Le regard de cette femme âgée qui tenait le tableau plaqué contre elle, en arrachant son chèque, le harcelait à chaque fois qu'il détaillait la large courbe du dos des pommelés. Elle lui avait dit d'un ton mauvais : « Vous n'aurez donc jamais honte ? » Mais c'était une phrase si bidon, le genre de phrase qu'ils disaient tous, que sur le moment il l'avait à peine entendue.

Guillaume se prit à détester ce tableau, et pourtant il était incapable de s'en défaire, ou même de l'accrocher dans une pièce où il savait ne jamais mettre les pieds. Il passait devant des heures de contemplation nerveuse, se conjurant de trouver la force de le vendre aux enchères, ou même, pourquoi pas, d'être suffisamment blasphématoire ou stupide pour le détruire.

— Qu'avons-nous aujourd'hui, Louise ?

— Pas grand-chose, Monsieur Guillaume. C'est la trêve de Noël, ajouta-t-elle plus pour dire quelque chose que par conviction. Une demande de présentation de facture de M. Carnot, le tapissier, et une saisie de Madame Jeanne Magnereau. C'est à Gouran et la route n'est pas très bonne avec le verglas. Il vaudrait peut-être mieux que vous commenciez par elle, la nuit tombe vite.

— Oui, sans doute, Louise.

Il enfila son pardessus avec un soupir et sortit. Une fois dans le 4 x 4 bleu sombre, il se dit qu'il aurait pu offrir l'après-midi à Louise. Et puis, merde, après tout, il la payait, même à ne rien faire. Il se dirigea vers Gouran, à petite allure. La voiture tenait bien la route détrempée d'une glace qui s'obstinait à ne pas vouloir fondre tout à fait. Il n'était pas pressé. Il était inutile d'embarrasser davantage Anne avec un retour précoce. Il s'arrêta devant la ferme minable et jeta un regard circulaire. Le toit de vieilles tuiles ocre rouge rentrait par endroits comme un ventre fatigué. La poutre faîtière donnait et il aurait fallu la remplacer. La vue de la cour pavée, toujours givrée, lui fit venir une grimace de déplaisir. Il allait tremper ses chaussures, peut-être même le bas de son pantalon de laine. Agacé, il feuilleta le mince dossier. Un amoncellement de petites factures impayées qui, mises bout à bout, totalisaient une somme. Le gaz, l'électricité, les taxes foncières, une épicerie. Les menues dépenses d'une menue vie. La femme Magnereau ne possédait plus grand-chose, si ce n'est une jument de course. Le baron de Caralou avait appelé Guillaume quelques jours auparavant pour lui faire une offre sur l'animal, une offre qui couvrait largement les dettes de la femme Jeanne Magnereau. Il s'était même proposé de venir sur-le-champ établir un chèque à l'étude. Guillaume l'avait remercié avec quelques élégances. Après tout, il s'agissait d'une des plus grosses fortunes de la région et de l'un de ses plus vieux noms. Il avait promis de transmettre l'offre à la femme Magnereau. Une affaire simple et ennuyeuse. La débitrice pouvait couvrir et nul doute qu'elle serait ravie de se débarrasser de ses problèmes si facilement.

La grande femme qui lui ouvrit la porte de la cuisine menant directement dans la salle commune le surprit. Il s'était attendu à une petite vieille peureuse, courbée, et il avait devant lui une force à laquelle la nature avait décidé de concéder quelques dernières faveurs. Elle le fixa d'un étonnant regard bleu pâle, sans sourire, sans parler.

— Madame veuve Magnereau ?

16

— Non, Madame Jeanne Magnereau. Veuve n'est pas mon prénom.

Guillaume faillit répondre qu'il s'agissait d'un détail d'état civil mais il voulait en finir au plus vite et repartir, traîner peut-être quelques heures en voiture, dans des chemins de terre durcie, chercher pour la millième fois, sans la trouver, une explication. La femme poursuivit :

— Laissez-moi deviner, vous êtes huissier ?

— Oui, Guillaume Latelle, huissier de justice.

Elle le contempla, les bras croisés sur son grand buste robuste, les jambes serrées dans un vieux pantalon dont le velours marron était râpé par plaques. Il était trop court et Guillaume apercevait du coin du regard des socquettes roses et jaunes qui découvraient un peu de peau blanche. Elle portait des sortes de sabots en caoutchouc vert et un pull de laine étriqué dont elle avait remonté les manches sur ses avant-bras musclés.

— Mais que croyez-vous, jeune homme ? S'il y avait quelque chose ici qui ait une quelconque valeur, je l'aurais vendu pour payer ce que je dois. Vous pouvez visiter, si le cœur vous en dit.

Guillaume le savait, c'était un professionnel. Il savait les gens qui mentent, qui cachent et il pouvait détecter les autres, les vrais pauvres, d'un simple regard.

— C'est inutile, madame. Cependant, vous comprenez bien que si vous étiez solvable, vos créanciers se calmeraient. On pourrait obtenir un délai.

— Toutes nos terres ont été vendues, voilà bien longtemps. La maison est grevée d'hypothèques et elle tombe en ruine, monsieur. Même si vous la vendiez en adjudication vous n'en tireriez pas grand-chose.

— Je sais. Le baron de Caralou fait une offre très généreuse pour une jument que vous possédez. La somme vous tirerait d'embarras définitivement. Pouvons-nous voir la bête ? Elle est toujours en votre possession, n'est-ce pas ?

— Belle n'est pas une bête, elle n'est pas « en ma possession » et surtout, elle n'est pas à vendre.

— Malheureusement, madame, je doute que l'on vous demande votre avis. Il ne s'agit pas d'un animal de compagnie, n'est-ce pas, mais d'une jument de course, donc de rente.

Il sembla à Guillaume qu'une lueur indéfinissable passait dans le regard de la grande femme, mais peut-être était-ce la réverbération du soleil d'hiver sur la glace qui mangeait la cour.

La femme tourna légèrement la tête sur le côté comme si elle cherchait à identifier l'origine d'un bruit qu'elle seule aurait entendu et murmura :

— Belle ne sera pas vendue, vous avez ma parole.

— Vous nous rendez à tous les deux la tâche plus pénible, Madame Magnereau.

Le même regard bleu froid l'épingla brusquement et elle déclara d'un ton coupant :

— Non, je *vous* la rends pénible. Pour moi, cela fait déjà longtemps qu'elle ne peut plus empirer.

— Je ne voudrais pas que nous en venions à des mesures, comment dire...

— Violentes ?

18

— Je vous en prie. Nous vivons dans un pays civilisé. Coercitives est le mot que je cherchais.

— Le joli mot ! un mot qui sent le pouvoir et la légalité. Et selon vous, il n'est pas porteur de violence ?

— Je ne suis pas là pour discuter de linguistique. Me laisserez-vous voir ce cheval ou pas ? Je prépare Noël comme tout le monde.

Jeanne le regarda pensivement, presque tristement quelques instants, puis soupira en faisant un geste du bras en direction du fond de la cour :

— L'écurie est là-bas. Je vous y rejoins. Je passe une veste. Faites attention, les pavés sont très glissants.

Guillaume Latelle hocha la tête et ressortit.

Jeanne pénétra dans le salon qui ne servait plus guère, parce qu'elle ne le chauffait plus. Glacé en hiver, il se transformait en étuve humide en été. Le papier peint, qui devait avoir l'âge de son fils, et dont les petits bouquets de roses vert pâle se diluaient de la transpiration des murs, cloquait par endroits. Elle ouvrit le placard profond qui flanquait la cheminée et sortit de son sac en feutrine le fusil de chasse, le seul bien de valeur qui lui restât. Elle engagea deux cartouches et en fourra deux autres dans sa poche de pantalon. Elle était bonne tireuse avant. Elle finirait par elle. Belle et son poulain ne connaîtraient jamais la promiscuité des écuries du baron, les coups de cravache cinglants des palefreniers qui se vengeaient du maître sur sa monture préférée. Belle ne subirait jamais les arrache-bouche des invités du baron qui montaient comme on se cramponne au guidon d'une bicyclette.

Elle entra dans l'écurie. L'homme qui allait mourir lui tournait le dos et regardait la grande jument fine et puissante qui lui faisait face.

Sans se retourner, il déclara :

— Il y a un poulain.

— Oui, il est né cette nuit.

Jeanne déposa sans bruit le fusil sur la crosse, juste derrière elle. Elle se trouvait à moins de deux mètres de l'huissier.

Il y eut un silence dont elle trouva la longueur étrange, pas vraiment désagréable, au contraire presque confortable.

— Elle est... somptueuse, n'est-ce pas ?

— Oui. Elle a 9 ans. C'est un miracle, Belle.

Latelle ne répondit pas tout de suite, puis :

— C'est Caralou qui l'entretient, je crois ?

— Oui, depuis deux ans. Je n'avais pas d'autre possibilité. Il pousse même parfois l'élégance jusqu'à glisser un jambon sec dans la livraison. Pourtant, il n'est pas bon et si je mourais, cela l'arrangerait.

— Alors, pourquoi le fait-il ?

Elle répondit presque en souriant, bien qu'il ne la vît pas, fasciné qu'il était par les veines généreuses qui filaient sous la peau du cou de Belle, par ce souffle dont la buée s'écrasait sur les revers de son beau pardessus en cachemire :

— Mais parce qu'il l'aime, voyons.

Guillaume retira l'un de ces gros gants de cuir foncé. Il n'avait pas pensé à le faire lorsqu'il s'était présenté. Il tendit la main vers le poulain collé au ventre de Belle.

Et Jeanne ne devait jamais oublier le mouvement de tête du poulain-sans-nom qui d'abord se méfiait, recherchait la force de Belle, puis s'étonnait, et enfin avançait vers cette main d'homme muet. Elle vit l'homme sourire et fermer les yeux. Elle vit la main caresser le col déjà fort, doigts écartés comme il aurait caressé le ventre d'une femme aimée. Et surtout elle sentit le calme de Belle. Belle, ma rebelle. Il y eut un autre silence, comme un nuage qui se serait attardé. Un silence presque cotonneux, où chacun se replie dans sa tête, sans y souhaiter d'autre présence. Guillaume se dit qu'il n'aurait pas besoin de crever le moteur de sa voiture dans les chemins durs. Il venait tout juste de poser la main sur la seule explication qui existât. Il lâcha le poulain et remit son gant.

Jeanne avança les doigts vers le fusil et son geste se suspendit à quelques centimètres du canon lorsque l'homme déclara, toujours sans la regarder :

— Elle ne court plus, n'est-ce pas ?

— Non. Du reste, elle n'a jamais beaucoup couru. En professionnelle, je veux dire.

— Le poulain est né cette nuit, dites-vous. Après tout il pouvait naître demain. Et si elle ne court plus, c'est un animal de compagnie. (Il se tourna vers Jeanne et déclara, incertain :) Je ne sais pas si c'est la meilleure solution pour vous, madame, mais je vous déclare insolvable.

Une fatigue extrême lui tomba dessus et il n'eut qu'une envie, partir et rentrer chez lui. Il ne vit pas le geste de la femme qui repoussait le canon du fusil.

Jeanne le regarda partir, refermer le portail.

Elle entendit le bruit du moteur de la Range-Rover qui s'éloignait.

On dit toujours qu'un ange passe lorsqu'il s'établit un silence d'une certaine qualité, mais cette fois, pour la première fois, elle avait distinctement senti un froissement, quelque chose.

— Angel, Angel, mon tout beau ! Tu es aussi beau que ta mère.

Elle embrassa le nez pâle et sortit.

Guillaume rentra à l'étude et donna son après-midi à Louise. Ce n'était pas par générosité, mais parce qu'il avait envie d'être seul. Il rédigea posément un acte de cession, décrocha l'huile de Rosa Bonheur et remonta chez lui.

Anne était cloîtrée dans sa salle à rêvasseries. Il frappa à la porte, attendit, puis frappa à nouveau. Un « Entre » excédé mais courtois lui répondit enfin. Elle ne faisait rien, sinon fixer le jardin gelé par la fenêtre. Elle tourna le regard vers lui et ses yeux frôlèrent la toile qu'il avait coincée sous son bras.

— Anne... Il faut que je te parle. C'est dingue. J'ai fait une rencontre étrange ce matin, commença-t-il, un peu bête, parce qu'il voulait tant lui dire, sans savoir par où commencer. C'était une femme âgée... Enfin, non, c'était plutôt une jument. Pour être exact, c'était surtout un poulain né de la veille. Je... je ne sais pas comment te dire cela. C'était bizarre. Il y avait cette odeur de cheval et puis cette femme qui avait peur qu'on lui prenne sa jument enfin, je ne sais pas trop. Toujours est-il que..

— Tu as pris la jument, déclara-t-elle, mauvaise.

— Non. Oh, non, ça n'était pas possible. Elle

peut être considérée comme animal de compagnie en finassant un peu.

Un sourire, le premier depuis Rosa Bonheur.

— Assieds-toi, Guillaume. Je t'offre un verre ?

— Je veux bien. Je suis vachement fatigué.

Elle lui tendit un verre de porto. Il n'aimait pas trop cela mais c'était le seul alcool qu'Anne ait squatté dans sa salle et, avant, elle lui en offrait toujours un verre. Elle s'appuya contre sa table de couvent et demanda :

— Raconte-moi.

— Ben, en fait, il n'y a pas d'histoire. Je veux dire, c'est une série de sensations, ça ne se tient pas.

— Ce n'est pas grave, raconte comme ça vient.

Et Guillaume raconta pêle-mêle, le poulain-sans-nom, la note d'épicerie, la grande femme, les yeux de la jument qui lui rappelaient quelque chose, les ridicules socquettes trop fines et la passion de Caralou.

Il se sentait presque étourdi d'avoir éparpillé tant de mots dans tous les sens. Il leva le visage et rencontra le regard de sa femme qui n'avait rien dit, avait sans doute à peine respiré durant ce monologue chaotique. Guillaume gloussa, gêné :

— C'est con.

Elle sourit et son regard plongea vers le tapis chinois bleu-gris et élimé qu'elle avait descendu du grenier.

— Non. Ce n'est pas con, Guillaume. Pas con du tout.

Elle désigna la toile qu'il avait déposée à ses pieds :

— Et cela, qu'est-ce que ça fait dans cette histoire qui n'en est pas une ?

Il hésita et déclara sans la regarder :

— C'est mon cadeau de Noël à la femme Magnereau. J'ai rédigé l'acte de cession. Je lui ai fait une petite note en lui expliquant que ma femme adore le tableau, que je souhaite le lui offrir, et que j'attends sa proposition de prix. Je lui indique la cote moyenne actuelle.

Un autre nuage de silence s'installa quelques instants dans la salle d'Anne. Guillaume acheva en souriant inconsciemment, son regard suivant celui d'Anne et se perdant à son tour dans les idéogrammes taoïstes bleu marine :

— Tu vois, je pense vraiment qu'il faut toujours payer ce que l'on doit.

Il leva les yeux vers elle. Il ne se précipita pas vers elle, parce que pour la première fois depuis des semaines, il la sentait à nouveau tendue de vitalité. Guillaume s'apaisa. Il se leva doucement et poursuivit :

— Je vais lui porter le tout, tout de suite. Tu veux venir avec moi ? Elle te permettra sûrement de voir le poulain.

— Non... Non, ce ne serait pas correct. J'irai un jour, plus tard. Vas-y, sois prudent.

Elle s'avança vers lui et l'enveloppa de ses bras, comme avant. Il eut soudain une folle envie de s'endormir juste là, au creux des ailes de sa femme.

— Vas-y, Guillaume. Je t'attends. Il n'y a pas grand-chose pour le réveillon. Je n'avais rien préparé. Mais on a toute la cave à vider et je peux faire une omelette.

— Génial. J'adore les omelettes au champagne.

Elle l'arrêta sur le pas de la salle à rêvasseries :

— Guillaume ? Sois prudent, sur la route. Je t'aime.

ET LE DÉSERT...

Martha essuya rêveusement sa tasse, le ventre appuyé contre le rebord en grès de l'évier. Elle jeta un regard attendri par la fenêtre, souriant des moineaux vindicatifs qui se disputaient les miettes de brioche qu'elle leur avait jetées.

Si elle avait eu moins mal à la tête, plus d'énergie, davantage de temps, elle aurait sans doute aimé descendre jusqu'au petit lac. C'était la balade préférée de Claire, « ni trop longue, ni trop chiante » disait-elle. La brume chaude du petit matin s'accrochait encore sûrement aux herbes échevelées qui poussaient par touffes anarchiques au milieu de l'eau peu profonde. Claire et Martha descendaient souvent, escortées de Tounette, dite « p'tit tas », la vieille chienne cocker trop grasse de Claire. Mais Tounette était morte et le désert avait gagné un peu.

Mai venait d'exploser et l'hiver n'avait jamais paru si long à Martha, si obstiné. Il s'était attardé, traînant comme une implacable démonstration, laissant à Martha des mois d'heures creuses et froides pour se souvenir, ressasser et finir par admettre avec un certain soulagement qu'il ne restait plus grand-chose à faire pour freiner la progression du désert.

Martha enfila son vieil imperméable et sortit. Elle repoussa simplement la porte et monta dans la vieille Jaguar beige.

Babouille et Minouille vont en bateau. Babouille tombe à l'eau, à moins que ce ne soit Minouille. Que reste-t-il ? Le désert.

Mais elle avait oublié laquelle était Babouille, laquelle était Minouille.

Martha venait tout juste d'avoir 9 ans. Elle avait décidé, dès le premier jour, qu'elle ne bougerait pas de ce coin de cour intérieure. C'était devenu son coin et elle s'y accroupissait à toutes les récréations pour y rester tassée jusqu'à ce que la cloche batte le rappel des blouses.

Elle détestait cette école, les élèves, la maîtresse qui claudiquait dans une grosse chaussure orthopédique et qui faisait sonner des petits bonbons ronds à la grenadine dans une boîte de pastilles Pullmoll. Elle n'en donnait jamais à Martha. Lorsque arrivait le tour de la petite fille, cette vieille folle, qui ressemblait à un vilain corbeau maigre et déplumé, sifflait entre ses dents : « Pas toi, car tu es mauvaise et tu es sale. » Le fait d'être mauvaise ne gênait pas Martha, au contraire. Elle en tirait une sorte de protection qui décourageait la méchanceté des autres élèves, une sorte d'orgueil aussi. Mais la crasse était humiliante, d'autant plus humiliante qu'elle n'était pas volontaire. Les nippes trop grandes et démodées, concédées par sa tante Gisèle ou sa cousine Muriel, qu'elle arborait avec agressivité pour dérober aux autres le plaisir du sarcasme, la blessaient. Les cheveux collés sur le front parce que sa mère n'avait pas acheté de shampooing ni même de savon lui donnaient la nausée. Les marques de fer trop chaud sur son unique blouse en polyester lui faisaient rentrer les épaules dans le vain espoir de les dissimuler. La directrice, une femme débonnaire, lui avait un jour gentiment fait remarquer qu'elle se tenait mal. Une grosse fille blonde et plus âgée, qui transpirait l'aisance et le parfum chic, à l'époque, de l'eau de Cologne Mont Saint-Michel, avait gloussé et crié à la volée que « c'était parce qu'elles n'avaient pas un sou et que sa blouse était brûlée ». A la récréation suivante, Martha avait coincé la fille et l'avait cognée avec toute la rage des humiliations accumulées au cours de ces trois premiers mois d'année scolaire. Elle avait menacé la fille des pires représailles si elle caftait. Cette raclée devait lui garantir une admiration peureuse de la part des autres élèves et la paix ; du moins jusqu'au jour où Claire, la fille du notaire, avait décidé qu'elle deviendrait son amie.

L'obstination de Claire, qu'aucune rebuffade ne dissuadait de lui tenir compagnie, de s'asseoir à côté d'elle sans y être invitée, flatta d'abord Martha sans que pour autant elle se déride. Claire était aussi blonde que Martha était brune. C'était une enfant menue, fragile, et délicate. Martha dépassait tous les autres élèves d'une tête et d'une bonne dizaine de kilos. Claire avait cette gentillesse capricieuse des enfants adulés et gâtés. Son père était veuf et il avait pour sa fille une adoration dont la tolérance devenait presque fautive. Claire, déjà à l'époque, était un ravissement de vitalité joyeuse, de générosité et de compassion. Un « vrai rayon de soleil » disait l'institutrice bancale, et cette appréciation était la seule chose qui retenait Martha de se venger d'elle et de ses petits bonbons rouges. Mais Claire, comme Martha devait le découvrir avec stupéfaction, était aussi d'une inflexible obstination.

Le plaisir diffus que lui causait l'acharnement de Claire à s'incruster dans sa vie s'était ensuite transformé en exaspération. Pour qui se prenait cette fille ? Croyait-elle que la fortune de son père lui permettait tout ? Et puis, qui disait qu'une fois qu'elle aurait charmé Martha, elle ne s'en désintéresserait pas aussitôt ? Finalement, Martha lui trouvait quelques ressemblances avec sa mère. Futile et égocentrique, ne revendiquant sa maternité comme un label que lorsque les voisins pouvaient l'entendre ou la voir. Du reste, sa mère ne s'entendait qu'avec sa sœur Gisèle. Si l'on en croyait les deux femmes, leurs maris respectifs étaient deux pauvres types, pire, des salauds, qui les avaient toutes deux abandonnées avec leur progéniture. Outre cette fatalité conjugale, les deux sœurs partageaient un talent commun pour la médisance et pouvaient indifféremment se déchirer à longueur de journée, ou mettre en pièces les gens qu'elles côtoyaient. Martha avait d'abord cru à leurs fâcheries éternelles, tentant de calmer l'une et de consoler l'autre, jusqu'à ce que la fréquence de ces ruptures définitives s'accélère pour devenir hebdomadaire. Elle n'y avait ensuite plus prêté attention, se murant dans sa tête, « fermant les écoutilles » comme elle disait, dès que se déversait la litanie de reproches de l'une des deux femmes. Vint rapi-

dement se joindre à ce duo fielleux une troisième voix, celle de Muriel, la cousine de Martha, âgée de 15 ans. Martha décida une fois pour
toutes que son cerveau rompait les amarres et
prenait le large.

Martha avait pris l'habitude de rentrer chez
elle en empruntant une série de chemins de
terre et de sentes qui doublaient son trajet. Elle
marchait lentement, reculant au maximum le
moment où il lui faudrait répondre par onomatopées à la moisson de cancans et de mesquine-
ries que ne manqueraient pas de déverser sa
mère, ou sa tante, ou sa cousine ou les trois, à
moins qu'elles ne soient encore « fâchées à
mort, tu m'entends, à mort ». Il pleuvait ce soir-
là, et la nuit tombait déjà. Martha avait d'abord
entendu le bruit étouffé d'une course derrière
elle, puis son nom crié. Elle avait crispé les
poings, s'attendant elle ne savait trop à quoi, en
tout cas à quelque chose de mauvais. Puis elle
s'était retournée. Claire s'était presque affalée
sur elle, à bout de souffle, les jolis cheveux
longs, d'habitude bouclés, plats et lourds de
pluie. Claire avait murmuré dans un reste de
souffle :

— Attends, il faut que je reprenne ma respiration. J'ai le cœur dans la bouche.

Martha avait été bouleversée par cette expression, sans trop savoir pourquoi. Pourtant, il
avait fallu qu'elle grogne :

— Quoi, qu'est-ce que tu as encore ?

Les yeux de Claire s'étaient remplis de larmes
et elle avait serré les lèvres en lui tendant un
paquet à l'enseigne des Galeries Paulin, le magasin le plus chic de la ville.

— C'est pour toi, avait-elle déclaré d'une petite voix tremblante. Elle ne me va plus, alors si tu la veux...

Martha avait pris le paquet et avant qu'elle n'ait ouvert la bouche, Claire était repartie en sens inverse, en courant. Martha était restée interloquée, sous la pluie battante. Elle avait hésité, se demandant si elle ne devrait pas jeter le paquet dans les buissons d'orties qui poussaient à proximité. Pourtant, elle avait déchiré le papier trempé, pourtant elle avait déplié la blouse en belle toile bleue. L'étiquette était encore accrochée au col. Les mains de Martha avaient serré le tissu et elle avait éclaté, non, fondu en larmes.

Elle avait réfléchi une bonne partie de la nuit au sort qu'elle réserverait à la blouse. Le lendemain, elle s'était arrêtée à 300 mètres de l'école, regardant autour d'elle, puis avait tiré la blouse soigneusement pliée de son vieux cartable. Elle avait lu dans les yeux de Claire une satisfaction qui lui avait donné encore plus envie de sourire que l'étonnement jaloux des autres yeux de la cour.

Martha, pourtant, avait tardé à abandonner sa prudente réserve. Mais Claire avait usé de patience et fini par la convaincre de la sincérité et de la persistance de son amitié. Il y avait eu ensuite quelques cérémonies, urgentes et très confidentielles, d'échange de serments de fidélité, de secrets, et de noms de code : Babouille et Minouille.

Martha hésita, puis décida de prendre à droite, vers Vieille Eglise. Peu importait, elle avait fait le plein, décidant de se promener au hasard jusqu'à ce que la jauge d'essence indique le moment de rentrer. Un souvenir la fit glousser : la Cérémonie Très Secrète de l'Œuf.

Elles devaient avoir 13 ou 14 ans à l'époque. Où avaient-elles été pêcher cela ? Quel ramassis de superstitions bébêtes les avaient conduites à profiter d'une soirée de travail du père de Claire pour se faufiler à la nuit tombée hors du jardin, vers le bois de Saint-Honoré ? Elles avaient suivi le chemin de terre qui s'enfonçait sous les arbres, jusqu'à cette petite clairière dont Claire était sûre qu'elle abritait d'étranges et sombres assemblées les nuits de pleine lune. La jeune fille frissonnait et Martha lui avait tendu son cardigan. Chaussée de minces ballerines, elle avait peine à suivre la grande foulée de son amie. D'autant que Martha pressait l'allure. Elle n'avait pas envie de rencontrer quelque promeneur attardé et que l'on raconte leur escapade à sa mère ou au père de Claire. Et puis, le ciel sombre s'engorgeait de nuages pluvieux. Elle s'était retournée soudain, murmurant agressivement :

— Bon, alors ? On ne va pas passer le jour de l'an ici.

Essoufflée, Claire avait pressé le pas, se tordant les chevilles, et avait répondu en gloussant :

— N'aie pas peur des fantômes. S'ils nous embêtent, cramponne-toi, j'arrive, ma belle, et je les mords !

Ce « j'arrive, ma belle » devait rester entre elles presque trente ans, comme une sorte de pacte, d'immanquable repère, de porte-bonheur aussi.

Il leur avait fallu quelques minutes d'intense discussion pour tomber d'accord sur un arbre : l'Arbre ! Il s'agissait d'un gros chêne central, au tronc large et rassurant. Claire avait sorti un bel œuf roux du petit sac en papier qu'elle portait précautionneusement depuis le début de leur périple et murmuré précipitamment :

— Bon, il faut synchroniser nos montres. J'en ai qu'un. Il s'agit de ne pas le rater.

— Tu ne pouvais pas en amener deux ?

— Ben, non. Je ne voulais pas que Thérèse s'en aperçoive. Un ça passe, deux ça fait un trou, forcément.

Thérèse était la bonne-nounou du notaire. Elle couvait Claire avec une vigilance sans faille, épiant ses moindres frissons, ses plus petits éternuements comme si la peste et le choléra la menaçaient en permanence.

Elles avaient hésité encore quelques secondes puis, enlaçant leurs doigts, avaient déposé l'œuf au creux de cette coupelle rosée. Martha avait décidé :

— Bon, à trois.

— Attends, attends. Tu dis « trois » et on y va ou tu dis « deux » et on y va sur le « trois » ?

— Non, je dis « trois », puis on y va.

— D'ac !

Martha avait compté lentement, le regard rivé aux yeux gris-bleu de Claire. Le « trois » était tombé, cérémonieux. Elles avaient inspiré et aplati l'œuf sur le tronc presque noir du chêne. Le blanc s'était écoulé d'abord, sinuant dans les irrégularités de l'écorce. Le jaune, s'attardant un peu, avait ensuite suivi comme une grosse goutte, empruntant le chemin glaireux et translucide tracé par son complément. Les mains toujours jointes, elles avaient psalmodié : « Toujours et toujours et toujours » et éclaté de rire. Soudain, le rire de Claire était mort, et elle avait déclaré d'une voix tendue :

— N'oublie jamais, hein ? Si tu mens, je vais en enfer, je ne blague pas.

Dans la semaine qui avait suivi, elles étaient retournées plusieurs fois contempler le vestige sec et jaune de leur cérémonie.

Les années au lycée de filles de Saint-Honoré-le-Bois s'étaient écoulées, paisibles et parfois drôles. Martha suivait les classes scientifiques, Claire la filière littérature. Elles se retrouvaient à chaque pause, se chuchotant à l'oreille les menus riens survenus lors des cours précédents. Martha s'était parfois inquiétée des rapprochements de Claire avec des filles de sa classe, d'apartés auxquels elle n'était pas conviée, mais Claire papillonnait semble-t-il d'une table à l'autre, d'une nouvelle copine à l'autre et aucune de ses amitiés fugaces ne dura plus de trois semaines. Martha s'installait, grâce à ses premières places et à son ironie cinglante, dans un rôle de seigneur, s'entourant d'une cour conquise et admirative qui avait même fini par juger « romanesque » la médiocrité de ses vêtements.

Martha braqua brutalement pour éviter de justesse un cycliste que, perdue dans ses souvenirs, elle n'avait vu qu'au dernier moment. Elle se concentra quelques secondes sur la route puis se laissa couler à nouveau dans le seul univers vraiment confortable qu'elle ait connu. Elle sourit de bonheur au souvenir d'une Claire, raide et sérieuse, pénétrant dans sa classe au milieu d'un interminable cours de mathématiques et annonçant d'une voix chargée de respect :

— Excusez-moi, madame, mais Madame le censeur souhaite voir Martha Laumières, au plus vite, dans son bureau.

Le professeur de mathématiques, une petite femme ronde et soporifique qui gardait ses invraisemblables casquettes bouffantes en skaï durant les cours, avait répondu d'un ton peureux :

— Ah bien, bien, mais bien sûr. Allons Martha, Madame le censeur va s'impatienter.

Martha s'était sentie pâlir, son cœur s'était emballé, cognant dans sa gorge. Elle avait vainement cherché quelle urgence occasionnait cette convocation. Martha était sortie dans le couloir à la suite de Claire qui l'entraînait dans l'escalier. La dernière fois qu'elle avait vu le censeur, cette petite femme terrorisante, dont elle ne comprendrait que beaucoup plus tard tous les efforts de discrétion et d'équité, c'était parce qu'elle avait affirmé d'un ton péremptoire que « ce voyage en Italie organisé par le bahut était d'un cruche et qu'elle n'irait pas ». En réalité, elle savait qu'elle ne trouverait pas la modique somme demandée comme participation. Le censeur avait d'abord insisté d'un ton cassant, puis l'avait curieusement renvoyée en classe avec une sorte de gentillesse un peu triste.

— Ben, où tu vas ? avait-elle demandé à Claire en la voyant dévaler les marches à toute vitesse.

— Viens, vite !

— Mais... et le censeur ?

— Y'a pas de censeur, nunuche ! J'avais envie de te voir et ma pause se termine dans un quart d'heure. Quelle pie, ce prof de maths !

Claire désespérait son père, refusant de partir en vacances sans sa copine. Elle avait malhabilement proposé à Martha de demander à son père de payer la colonie équestre ou un séjour en Angleterre pour elles deux. Martha s'était emportée et elles avaient passé les vacances précédant l'entrée en première, comme les autres, à flâner, lire et rire dans Saint-Honoré-le-Bois presque désert.

L'année de première avait commencé sans heurt et chacune avait repris ses petites habitudes de classe. Elles avaient retrouvé leurs murmures, leur intimité qui excluait les autres, les échanges de secrets vitaux qui s'oublient dans la journée.

Le seul secret que Claire avait pu dissimuler à Martha plus d'une semaine fut cette fameuse lettre. Martha sentait que son amie lui cachait quelque chose depuis trois jours, quelque chose qui la faisait glousser seule. En dépit des prières ou des mises en garde, Claire avait fait « mariner » Martha, comme elle disait, jusqu'au vendredi. Comme chaque soir, Martha l'avait raccompagnée jusqu'à l'imposante demeure du centre-ville qui abritait l'étude de son père et leurs appartements. Elles avaient goûté silencieusement, dans la grande cuisine carrelée du sol au plafond de faïence blanche et bleu marine, sous la surveillance de Thérèse qui voulait s'assurer que Claire « mangeait correctement ». Thérèse, rassérénée par l'appétit de Claire, les avait abandonnées après le troisième toast. Claire avait fixé Martha, de l'autre côté de la grande table et pouffé. Elle avait tiré de la poche de sa robe une enveloppe rose et carrée pour la tendre à son amie :

— Lis, c'est dingue !

Martha avait rapidement déchiffré la prose alambiquée d'une certaine Karine, une des copines de classe de Claire, puis, sidérée, avait repris sa lecture plus lentement. Karine, dans un curieux mélange de métaphores mièvres et de crudités sexuelles, déclarait son amour et son désir à Claire. Elle « voulait baiser le sol que l'amante foulerait » et « voulait lécher son odeur sur ses doigts ». Martha s'était sentie rougir comme si la lettre lui était adressée et l'avait sèchement posée sur la table de la cuisine en lâchant d'un ton cassant :

— Mais c'est dégueulasse ! Arrête de rire, ce n'est pas drôle ! Cette fille est immonde, anormale, beurk !

Le rire de gorge de Claire s'était brisé et elle avait regardé son amie, fixement, comme si elle hésitait. Martha avait eu l'impression que quelque chose de triste et de glacé passait dans le gris de son regard.

Claire n'avait plus mentionné la lettre ni cette Karine.

L'événement vraiment marquant qui fit son entrée dans les grandes salles de classe au plafond haut durant cette année de première fut mai 68. Martha avait découvert une Claire pasionaria, capable de haranguer la foule tassée des élèves dans le petit amphithéâtre du lycée.

Claire plongeait dans le gauchisme avec une vitalité, une voracité contagieuse. Associant chaotiquement sa « nouvelle conscience politique » avec tout ce qui concernait sa vie, elle s'était fait couper les cheveux et Martha avait failli l'insulter lorsqu'elle était revenue un lundi avec ses petits cheveux fous bouclant près du crâne. Elle avait même tenté de convertir son père, qui l'écoutait attentivement puis déclarait à une Thérèse qui croyait la Révolution revenue, et le Grand Soir tout proche de l'étude : « Il faut bien que jeunesse se passe, Thérèse. J'étais bien devenu royaliste alors que mon père était mineur et ma mère femme de ménage. C'est ma femme, vous savez, qui m'a permis d'ouvrir l'étude. Elle avait du bien. Claire lui ressemble physiquement. » Et ses yeux qui se remplissaient de larmes avaient tenté de sourire. Martha, perdue au milieu des subtilités et des schismes du marxisme, avait mollement suivi Claire, surtout parce qu'elle sentait que cette nouvelle passion sécrétait une exigence inflexible et qu'un refus de sa part risquait de lui faire perdre un peu de Claire. Sous l'impulsion de Claire et de quelques autres, dont cette « immonde » Karine, le lycée s'était mis en grève. Mais les camarades grévistes mettaient un point d'honneur à y venir quotidiennement animer des débats échevelés où l'on refaisait le monde dans des tempêtes d'injures parfois incompréhensibles ou d'applaudissements assourdissants.

Martha obliqua dans le petit chemin boueux, martyrisé par l'hiver. La voiture se plaignit dans les ornières et elle coupa le contact lorsqu'elle arriva en vue des ruines de la vieille église.

Elles avaient ensuite souvent évoqué cette étrange période où tout semblait possible, tout paraissait suspendu. Claire avait même été exiger du maire qu'il pavoise la ville lorsque le général de Gaulle avait annoncé qu'il abandonnait le pouvoir. Le maire l'avait raccompagnée par l'épaule en la secouant et en la traitant de « petite bécasse », ce qui l'avait profondément ulcérée. Claire, à chaque fois que Martha ravivait ce souvenir, pouffait :

— Non, mais quel culot, tu ne trouves pas ?

— Si. Tu vois, avec le recul, je me dis que cette époque a tellement fait changer les choses qu'on s'en souvient à peine.

— Oui, et puis j'ai l'impression que les gens s'aimaient davantage, s'amusaient davantage. Bien sûr, ça n'a pas duré. Merde ! on parle comme d'anciens combattants...

L'année de terminale avait commencé dans le halo de ce printemps survolté. Les filles avaient abandonné les blouses réglementaires. Le port du pantalon avait été autorisé sans qu'il soit besoin de porter une jupe par-dessus, ce qui avait constitué aux yeux de beaucoup un acquis majeur de ces journées de grève. La révolution laisse souvent derrière elle d'étranges reliques. Mais c'était surtout le bouleversement subi par les rapports de professeurs à élèves qui avait surpris Martha.

Claire avait poursuivi un temps sa carrière

politique, avec cet éclat, cette passion qui en faisait une star des réunions et des comités.

Martha avait brillamment passé son bac et Claire raté le sien. Curieusement, la nouvelle de cet échec avait surtout consterné Martha, parce qu'il sous-entendait qu'elles seraient séparées l'année suivante. Elle envisageait d'attendre un an en travaillant dans le coin pour amasser un peu d'argent et surtout attendre Claire. Ce fut cet homme triste et presque transparent qu'elle surprit à plusieurs reprises en train de l'observer lorsqu'elle sortait de chez elle qui fit basculer leurs vies à toutes deux, sans même le vouloir. C'était un petit homme râpé, mince et frêle, engoncé dans un imperméable bleu marine. Leurs rencontres répétées avaient fini par agacer Martha et même vaguement l'inquiéter. Elle avait hésité quelques semaines, consultant Claire qui lui avait proposé d'aller sermonner l'inconnu. Un matin, une brusque fureur s'était emparée de Martha et elle avait marché résolument sur l'homme qui la regardait, figé, un air presque apeuré sur le visage.

— Bon, qu'est-ce que vous voulez ? avait-elle jeté, les dents serrées.

— Excusez-moi, mademoiselle, je ne voulais pas vous inquiéter. Vous êtes bien Martha Laumières ?

— Oui et alors ?

— Je suis Philippe Guérin, ton... votre, enfin bref ton père.

Martha était restée bouche ouverte, bras ballants devant l'inconnu. Il avait dégluti et demandé timidement :

— On pourrait peut-être prendre un chocolat

chaud quelque part ? Discuter un peu tous les deux...

Elle avait d'abord ressenti une sorte de rancune mauvaise, mais quelque chose dans l'attitude de l'homme gris l'avait contrainte à accepter l'invitation.

Ils avaient trouvé un petit troquet et s'étaient installés, sans doute aussi gênés l'un que l'autre. Il avait commencé, d'une voix hésitante, mais tendre :

— C'est joli, Martha. C'est le prénom de ma mère, ta grand-mère, quoi.

— Ah ?

— Oui, elle est morte, il y a un an. C'était une femme douce, pas très rusée mais aimante à un point que tu n'imagines pas.

Il l'avait regardée, en buvant son chocolat chaud à petites gorgées, puis avait continué :

— Tu m'en veux, non ? Tu as raison. J'ai fait ce que ma mère n'aurait jamais fait. Curieusement, je l'ai fait à cause d'elle. Je t'ai abandonnée.

Martha avait allumé une cigarette. Elle s'était mise à fumer quelques années auparavant, parce que ça l'établissait encore davantage dans son rôle très exagéré d'insolente et de leader.

— Tu ne devrais pas fumer. Il paraît que ça donne le cancer.

— Foutaises.

Ils étaient restés silencieux quelques minutes puis le petit homme gris avait commencé d'une voix lente :

— Il fallait que je parte parce que je n'avais aucun moyen de la protéger contre ces deux folles de sœurs. Tu ne peux pas savoir comme elles sont mauvaises.

Si, elle le savait, mais elle ne le lui dirait pas.

— Je suis revenu à la maison, un matin, parce qu'en arrivant au boulot je me suis aperçu que j'avais oublié mes lunettes. Je ne peux pas faire grand-chose sans lunettes..

Elle non plus et elle avait peiné parce qu'il n'y avait jamais assez d'argent pour en commander une paire.

— Elles étaient toutes les deux sur elle. Ma mère, je veux dire. Ta mère lui tirait les cheveux et l'autre dingue, sa sœur, l'insultait, la traitait de vieille folle, de débile, lui disait qu'elle puait parce qu'elle faisait sous elle. Mais tu sais, c'est faux. Elle a toujours été très propre, même lorsqu'elle ne pouvait plus se lever. Elle avait un bassin à côté d'elle. Elles lui énuméraient ses punitions pour la journée : elles ne la laveraient pas et elles ne lui donneraient rien à bouffer le midi, et si jamais ma mère me disait quelque chose, ce serait encore pire pour elle. Et j'ai vu ma mère, pleurant doucement et leur jurant qu'elle ne dirait rien, les suppliant d'être gentilles, surtout avec moi. J'étais sur le pas de la porte, j'ai cru que je rêvais, un cauchemar quoi. J'ai vu rouge. Pourtant, ta mère m'insultait souvent, je ne disais rien parce que je l'aimais. Mais là, c'était différent, c'était tellement... malade. Je ne suis pourtant pas un violent, ni même un mec très courageux, mais je me suis jeté sur elles. J'ai à moitié assommé ta tante et j'ai cogné ta mère. Je suis parti avec ta grand-mère. Elles ont, toutes les deux, porté plainte pour coups et blessures et puis, il y avait abandon du domicile conjugal. Elles ont certifié que je ne te traitais pas bien, que j'étais brutal, avec des sanglots dans la voix. Tu avais 2 ans à l'époque. Le divorce a été prononcé à mes torts et j'ai été déchu des droits paternels. Voilà. C'est ce que je voulais te dire. C'est pour cela que je suis venu de Tours. J'habite là-bas maintenant. Tu me crois ou tu ne me crois pas, je te dirai que, franchement, je m'en fous un peu. Mais il fallait que je le fasse parce que ma mère me l'a demandé, juste avant de mourir. Peut-être que tu es devenue comme elles après tout.

Martha avait demandé :

— Et mon oncle ?

— Lequel ? Ta tante a toujours sauté sur toutes les braguettes qui passaient à portée. Ta mère a été plus futée : elle s'est fait épouser.

Martha l'avait contemplé quelques instants puis avait plongé le regard vers le fond de sa tasse vide où s'attardait encore un peu de mousse de lait tachée de cacao. Elle croyait le petit homme gris. Finalement, elle avait sans doute toujours su ce qu'il venait de lui dire. Il venait de lui faire un inestimable cadeau : il la guérissait d'une indécrottable crédulité. C'est tellement confortable, la crédulité.

Une heure plus tard, il lui avait donné son adresse et son numéro de téléphone, déclarant d'une voix lasse mais soulagée :

— Si tu as besoin de moi, c'est quand tu veux. Mais ce n'est pas moi qui ferais le deuxième pas, parce que ce n'est pas le premier le plus difficile. La balle est dans ton camp, maintenant, ma belle. Tu es très belle, tu sais. Tu ressembles à ma mère. Sois plus méfiante et plus rusée qu'elle, je t'en conjure.

Martha l'avait regardé disparaître dans ce matin pluvieux, petite silhouette fragile, cherchant sottement s'il existait entre eux une ressemblance, se demandant si elle le reverrait un jour et pourquoi, après tout ? Il l'avait appelée « ma belle », il n'y avait que Claire qui l'appelait ainsi.

Elle avait donné sa démission au Dr Dumas, dont elle était devenue la secrétaire depuis le mois de septembre. Il s'était développé entre eux une sorte d'amitié, de complicité qui n'avait pas besoin de mots. C'était un homme charmant, amoureux d'art et de jolies choses. Les mauvaises langues prétendaient que c'était un pédé parce qu'il était célibataire. Il était si gentil, et lui prêtait des ouvrages très onéreux, sur Rome, ou les jardins anglais. Avec son élégance coutumière, il avait tenté de savoir si ses conditions de travail lui déplaisaient, que pouvait-il faire ? Elle lui avait annoncé qu'elle reprenait ses études et partait à Paris. Il lui avait souri en déclarant :

— Oh, mon petit, je suis navré de te perdre mais ravi. C'est la meilleure chose que tu puisses faire. Claire vient avec toi ? J'ai un très bon ami qui m'a dit que l'informatique était en plein boum en ce moment et que c'était une voie d'avenir. Après tout, tu as un bac scientifique.

Elle l'avait remercié et n'avait pas commenté sur Claire. Et puis, elle lui avait envoyé une carte de remerciements lorsqu'elle avait reçu son chèque de fin de mois agrémenté d'une prime substantielle pour l'époque et qui, selon les calculs de Martha, lui offrait une année d'études et de répit. Elle devait, par la suite, lui écrire régulièrement et lui, répondre toujours quelques mots, encourageants, et drôles.

Claire, depuis quelques semaines, était étrange, agressive mais lisse. Il semblait à Martha qu'elle ne parvenait plus à briser la sorte de bouclier dont elle s'entourait. Un soir, elle avait sonné chez elle et le notaire l'avait reçue avec son habituelle bonhomie goguenarde. Elle avait parlé à Claire de Paris, de la reprise de ses études. Claire avait demandé d'un ton sec :

— Tu es amoureuse ?

— Non. Ce n'est pas le problème. Tu viens avec moi ? Viens !

Claire avait fermé les yeux, crispé le front :

— Je ne peux pas. Reste avec moi ! Ne pars pas.

— Je ne peux pas, Claire. Tu n'as pas le droit de me demander cela. J'ai toujours fait ce que tu voulais, mais là, c'est très important pour moi. Fais un effort, viens avec moi.

— Je ne peux pas !

Agressive pour la première fois, Martha avait craché :

— Tu ne *veux* pas ! Tu ne t'intéresses qu'à toi ! Tout ce qui compte, c'est toi. Tu te fous des autres, de moi. Toi, tu n'auras pas besoin de travailler, ton père l'a fait pour toi. C'est Mademoiselle-la-fille-d'une-des-plus-grosses-fortunes-de-la-ville, n'est-ce pas ? Et le monde retient sa respiration et s'incline !

Elle était partie comme une folle et était rentrée chez elle pour ce qui devait être la nuit la plus harassante de sa vie.

Elle avait raconté à cette femme dont elle était sortie, par hasard, sa rencontre avec l'homme gris et triste. Sa mère avait secoué les mains, d'abord feulé puis sangloté car elle savait le faire à merveille. Enfin, à bout d'arguments, elle avait hurlé. Martha avait mis un terme à ce déluge de larmes et d'insultes en articulant calmement :

— Je ne t'ai supportée que parce que je croyais qu'il fallait aimer sa mère, que c'était inévitable, génétique en quelque sorte. Mais c'est faux, on peut vivre sans aimer sa mère. Et même, on peut vivre mieux qu'en l'aimant.

Elle était partie. Elle avait attendu plus de trois heures le train qui la mènerait à Paris, la dissolution dans l'espace, la foule.

Claire lui manquait, douloureusement. Le gommage de sa mère était une bénédiction. Que devenait Claire ? Pourquoi n'était-elle pas venue ? Martha ne devait l'apprendre que bien plus tard.

Avec l'argent du Dr Dumas, elle s'était inscrite en fac, additionnant les modules d'informatique et d'électronique. Après tout, peut-être son ami avait-il raison et de toute façon, elle ne connaissait pas les autres filières universitaires. Elle avait décidé de faire durer son petit pécule en gardant des enfants et en donnant des cours de maths.

Au cours de ses premières semaines de liberté estudiantine, elle avait écrit à Claire presque tous les trois jours, sans réponse. Il était impossible de douter que les lettres lui soient parvenues car son père n'était pas du genre à censurer le courrier de sa fille. Mais rien. C'est à peu près à cette époque qu'elle avait rencontré Eric, étudiant en musicologie, une discipline qui se parait d'exotisme aux yeux de Martha. C'était un doux rêveur, aux cheveux décidément trop longs. Il portait en permanence une veste en peau de chèvre retournée, ornée de motifs floraux multicolores qui dégageait une odeur de bouc repoussante à la moindre bruine. Il fumait des P4 et passait de fiévreuses soirées dans une sorte de cave, rue Saint-Jacques, où l'on jouait du soul expérimental. Martha l'avait accompagné un soir et était ressortie avec une migraine dont elle ne savait si elle devait l'attribuer à la fumée de cigarettes qui formait presque un mur ou à l'exiguïté de l'endroit.

Enfin, elle avait reçu une petite lettre rapide et plate de Claire : tout allait bien. Non, elle ne savait toujours pas quand elle pourrait venir la voir à Paris. Ces quelques lignes, vides et interchangeables, l'avaient tant déprimée que le soir même, elle avait cédé à la pressante insistance d'Eric et passé la nuit avec lui.

Elle devait garder de son dépucelage un souvenir qui la ferait glousser toute sa vie. On lui avait tellement raconté que « ça » faisait mal, qu'on saignait, que « quand ça se déchire, c'est affreux », qu'elle avait exigé de lui un luxe de précautions. Cette première rencontre charnelle s'était transformée en acte chirurgical. Elle n'avait pas eu mal, du reste, elle n'avait pas senti grand-chose. Par la suite, Eric s'était appliqué, sans grand succès, jusqu'à ce que Martha décide de mettre un terme à ses essoufflements en le remplaçant par Simon. Simon s'était défini comme un pervers-polisson-sexuel. Si Martha ne savait pas très bien ce qui se dissimulait sous cette association, elle devait vite découvrir que c'était beaucoup plus efficace et amusant que la musicologie.

Elle avait écrit une longue lettre, qu'en toute modestie elle jugeait hilarante, pour conter à Claire par le menu ses aventures sexuelles. Quelques semaines plus tard, n'ayant pas reçu de réponse, elle avait réécrit, en vain. Le vide de son casier à lettres de la cité universitaire l'avait d'abord désespérée puis exaspérée. A l'époque, il y avait fort peu de cabines téléphoniques dans les rues et elle avait dû avaler trois cafés trop forts dans un des rares cafés du Quartier latin équipé d'un Taxiphone en attendant son tour. Thérèse lui avait répondu, d'un ton un peu contraint :

— Mademoiselle Claire n'est pas là.

— Mais où est-elle, Thérèse ?

— Je l'ignore, Mademoiselle Martha.

Et elle avait su à son hésitation que Thérèse mentait, que Claire était à côté d'elle, guidait ses réponses. Martha avait séché les cours de l'après-midi, vu pour la première fois *La Belle et la Bête* à l'Action Christine, pleuré comme une sotte et souhaité encore et encore que Claire soit avec elle, pour pleurer comme une sotte de concert. Elle avait cherché en vain les raisons qui venaient d'éloigner Claire, l'autre partie d'elle. Elle avait eu du chagrin, puis peur pour Claire, puis de la rancœur. Murée dans sa vindicte, elle n'avait plus réécrit.

Marc avait succédé à Simon pour être à son tour remplacé par Didier. Martha venait de découvrir un douloureux moment, qu'elle devait dénommer : « l'épreuve du petit déjeuner ». Elle devait ensuite développer une théorie dont elle jugeait qu'elle méritait un brevet et qui tenait en quelques mots : « le sexe, c'est agréable et plutôt facile, mais je ne te dis pas le lendemain au p'tit dèj', quelle tasse, quand tu as en face de toi quelqu'un à qui tu n'as absolument rien à dire. » Très étrangement, ce qui n'était qu'un vaste ennui aurait pu aisément devenir un stratagème. Tous ces garçons qui vivaient dans la terreur de la bague au doigt, revenaient étonnés, ulcérés d'avoir été poussés dehors et se déclaraient prêts à, selon Martha : « partager une cuisinière trois feux et un livret de la Caisse d'Epargne. »

Martha était belle, elle en avait pris doucement conscience depuis que son père le lui avait dit. Elle était intelligente et surtout, sa mère était devenue un parfait anti-modèle. Elle avait réussi ses examens de première année avec brio. Cet été-là, elle avait décidé de ne pas retourner à Saint-Honoré-le-Bois, parce que Claire ne lui avait pas écrit depuis plus de six mois et qu'à part Claire, rien là-bas ne l'intéressait. Elle avait travaillé durant ses trois mois de congés universitaires, comme serveuse, fille de salle dans un mouroir banliusard pour vieux, vendeuse de glaces. En dépit de ses économies et d'une vie aussi austère que possible, elle n'avait pas assez d'argent pour vivre une autre année. Elle avait longuement hésité puis, enfin, s'était décidée à appeler son père. Elle lui avait raconté son départ, un an plus tôt, ses études. Il avait eu l'air ravi :

— Pourquoi tu ne viens pas me voir deux ou trois jours ? Ou simplement la journée, si tu n'as pas le temps ? Ce n'est pas loin de Paris, Tours. Je n'ai pas énormément d'argent mais je vais ramasser le maximum. J'en ai pas besoin. (Il avait ri.) Je le gardais justement pour un cas comme ça... Je suis tellement fier de toi, ma fille !

Elle avait passé, dans la petite maison du centre de Tours, trois jours très agréables alors qu'elle les avait redoutés durant tout le voyage en train, préparant une excuse pour écourter son séjour, en cas d'ennui mortel. Une fois encore, elle avait craint « l'épreuve du petit déjeuner ». Mais elle avait découvert un homme qui avait meublé sa vie de petites passions, sans arrogance, sans prétention, mais pleines de joie. Il collectionnait les timbres des anciens DOM-TOM exclusivement, et les subtilités de l'ancien réseau ferroviaire français le plongeaient dans d'interminables digressions qui avaient touché et amusé Martha. Il aimait également les chats et « était l'animal de compagnie » de trois spécimens d'âge et de robe variables, à l'incertain pedigree mais à la tendresse obstinée. Il était « l'auberge » d'une dizaine d'autres. Il enfermait le matin ses chats dans la maison pour donner du millet et du riz brisé aux oiseaux :

— Tu comprends, c'est mieux qu'une télé pour les chats, ça les tient en forme, mais je ne veux pas qu'ils croquent ces pauvres moineaux. Remarque, Rita et Lola sont tellement godiches que je ne sais pas si elles sauraient en attraper un. Pilou, par contre, je me méfie, c'est un malin.

Il lui avait montré des photos de sa grand-mère, Martha. C'est vrai qu'elle lui ressemblait, en plus solide, en plus dure aussi peut-être.

Juste avant de la raccompagner à la gare, ce dimanche après-midi-là, il lui avait glissé une grande enveloppe marron dans la main en disant :

— C'est tout ce que j'ai pu gratter. Je vais faire plus d'économies, maintenant que je sais que tu peux avoir besoin de moi. (Il avait souri et continué.) Si tu savais ce que je suis content de pouvoir dire cela ! Fais quelque chose de ta vie, Martha, je t'en prie ! Fais-le pour moi et pour ta grand-mère. Je suis sûr qu'elle veille sur toi de là-haut. Reviens me voir, hein ? Avant un an.

Elle avait promis parce qu'elle en avait envie. Une fois installée dans le wagon, elle avait découvert dans l'enveloppe ce qui à ses yeux était une fortune : 20 000 francs, de quoi passer une année tranquille, confortable même. Mais elle avait également découvert que ces trois jours avaient apporté dans sa vie une sorte de tendresse complice, qu'elle n'avait connue qu'avec le Dr Dumas, parce que ce qu'elle éprouvait pour Claire était en quelque sorte plus aigu.

La deuxième année de fac avait commencé sous le signe d'une énergie indestructible et au milieu des tasses à café sales qu'abandonnait un peu partout, même dans les toilettes, un certain Paul. Martha détestait le désordre, sauf celui de Claire auquel elle trouvait une étrange poésie. Mais ce désordre-là était moche, comme du bordel. Après tout, il était chez lui, aussi avait-elle rassemblé ses affaires et déménagé sans explication.

Elle avait appris, quelques semaines trop tard,

le décès du père de Claire. Claire ne l'avait pas prévenue et ce manquement l'avait fait pleurer dans les bras d'un Gérard, ou d'un Michel peut-être, qui avait tenté toute la nuit de la consoler. Le lendemain, elle avait téléphoné chez son amie et Thérèse, le sanglot dans la voix, lui avait affirmé que Mademoiselle Claire se reposait à la campagne, mais qu'elle transmettrait son message. A bout, Martha avait hurlé dans le combiné :

— Je sais que tu es là, Claire ! Prends ce putain de téléphone et parle-moi ! Tu n'as pas le droit de me faire cela ! Qu'est-ce que je t'ai fait ? (Puis, en larmes :) Tu me manques, Claire ! je t'en prie, parle-moi !

Thérèse, ou Claire, avait raccroché. Martha ne devait plus rappeler ni écrire durant plusieurs années, sauf une fois. L'absence de Claire avait installé en elle comme un grand bout de désert, mais ce n'était pas un désert aride ou funèbre, rien de ce que tissait Claire ne l'était. Au contraire, cette étendue monotone et silencieuse avait poussé Martha en avant, parce qu'avancer signifiait qu'elles se rejoindraient un jour.

Elle avait obtenu, sans grande difficulté, une maîtrise dans ce qui était encore pour la grande majorité des gens un conte de science-fiction : l'informatique, le domaine de l'ordinateur. Elle avait réussi à passionner son père, qui, il est vrai, ne demandait que cela. De sa mère, elle n'avait aucune nouvelle, et n'en souhaitait aucune. Juste après les résultats des examens — elle venait de rompre avec.... bref, elle avait oublié son prénom — elle était partie à Tours rejoindre son père pour une semaine de vacances. Avec des mines de conspirateur, il avait tiré de sa vieille veste une grande enveloppe bleue. Un chèque, de 30 000 francs. Elle avait lâché :

— Mais tu es dingue, avec ce que tu gagnes ! Tu te prives, hein ? Je ne veux pas que tu te prives ! C'est indécent !

Mais il était trop heureux et avait balbutié, la salive aux lèvres :

— Je veux que tu partes en Amérique. Tu entends, je le veux ! Ils vont tout t'apprendre là-bas, c'est leur truc les ordinateurs. Quand tu reviendras, tout le monde sera à tes pieds. Oh, oh je les vois d'ici, ils te courront après.

Il avait raison, et Martha était partie, trois mois plus tard. Elle avait accepté un stage, peu rémunéré, dans une boîte qui montait, à Silicon Valley. Les premiers jours, alors qu'elle débarquait avec un fort accent français, une énergie inébranlable et un petit tailleur qu'elle gardait pour les grandes occasions, elle avait été choquée par l'apparent laisser-aller qui régnait au milieu de ces barbus, ces cheveux longs et ces jeans râpés. Elle avait rapidement compris qu'elle était tombée dans un concentré de matière grise qui valait des milliards, et avait balancé le tailleur et les petits escarpins inconfortables pour ne porter que des baskets et des jeans. Elle avait envoyé sa dernière lettre à Claire pour lui communiquer son adresse et son numéro de téléphone, sans en attendre de réponse. Elle ne fut pas déçue.

Elle avait fumé son premier joint un soir de grand « ramonage de neurones » comme elle les appelait. Elle était partie d'une crise de fou rire hystérique lorsque Barney, leur à-peine-mais-quand-même-très patron, avait enfoncé sur sa tête un ridicule bonnet à pompon. Elle devait rarement répéter l'expérience parce que l'herbe la faisait tousser à vomir ses poumons.

Il y avait eu quelques Ben, quelques Sal, sans doute quelques Bob, mais elle en gardait un compte assez flou, mélangeant les prénoms, les manies et les visages. Finalement, le seul dont la présence comptait était Barney parce que les morceaux de génie qu'il distribuait autour de lui la fascinaient. Un soir, ou plutôt une nuit, après un autre « ramonage de neurones », elle avait accepté de monter prendre un verre chez lui. Ils s'étaient retrouvés dans le grand *water-bed*, et d'une voix pâteuse il avait déclaré :

— Ne le prends pas mal, Martha, je te trouve très sexy, mais je ne sais pas pourquoi, ça ne vient pas. Je suis tellement crevé que je ne peux même plus bander.

Ils s'étaient regardés en pouffant et s'étaient endormis comme une masse dans les bras l'un de l'autre.

Elle commençait à gagner beaucoup d'argent grâce à ce que Barney appelait « *the french touch* ». Elle avait fait venir son père, pour deux petites semaines de vacances et c'était un autre homme qu'elle avait découvert. Il n'était plus gris et sa nouvelle vitalité se signalait par plaques roses en haut de ses joues. Il était increvable et l'avait exténuée. Il avait fallu rendre visite aux chutes du Niagara, au Grand Canyon qu'elle lui avait montré avec une moue désabusée alors qu'elle ne le connaissait pas et qu'elle en avait le souffle coupé, et aux machines à sous de Las Vegas. Il n'avait, semble-t-il, aucune idée des distances à parcourir pour se rendre d'un de ses rêves à l'autre. Mais elle avait été heureuse parce qu'elle pouvait lui offrir les gloussements de bonheur qu'il retenait et les applaudissements enfantins qu'il tentait de maîtriser.

C'était en novembre, le 12 novembre exactement, qu'à 2 heures du matin le téléphone avait résonné dans son très joli appartement californien. Il y avait d'abord eu une sorte de crachouillement, puis un drôle de bruit et elle avait mis quelques dixièmes de seconde à comprendre qu'il s'agissait d'un sanglot. Puis la voix, tant attendue, durant des années :

— Il faut que tu viennes, ma belle, pour moi. Je vais très mal.

Martha avait hurlé, folle :

— Claire ?

— Toujours et toujours et toujours. Ne mens pas ou je vais en enfer. Je suis en enfer.

Et puis le bip-bip signalant que la ligne était coupée.

Martha avait expérimenté quelques minutes de pure panique, ne parvenant pas à aligner deux idées cohérentes, marchant d'un côté à l'autre de l'appartement, tentant de rappeler Claire, mais la ligne était occupée. Il lui avait fallu deux heures pour joindre Barney, s'excuser platement, promettre qu'elle reviendrait vite, expliquer qu'une très vieille amie venait de perdre son père, avait des idées suicidaires, bref tout ce qui lui passait par l'esprit. Elle avait rédigé quelques lignes rapides au Ben ou au Sam du moment pour lui dire qu'elle repartait en France, qu'elle reviendrait sans doute, mais quand ? Enfin, elle avait trouvé un vol pour Paris. En dépit de sa fatigue, elle n'avait pas fermé l'œil de tout le voyage. Arrivée à Orly, elle avait loué une voiture et avait conduit d'un trait jusqu'à Saint-Honoré-le-Bois. Il était presque minuit lorsqu'elle était arrivée devant l'imposante demeure. La porte s'était entrouverte sans qu'elle puisse distinguer qui lui ouvrait. Claire. Claire qui se dissimulait contre la rambarde de l'escalier, Claire qui devait avoir perdu 10 kilos, qui croisait ses bras sur son torse squelettique en frissonnant. Martha ferma la porte et resta là, détaillant les cernes mauves, les petits cheveux collés de crasse, percevant le souffle court et rauque. Claire pleurait, mais sans doute ne s'en rendait-elle pas compte. Elle s'était précipitée dans les bras de Martha :

— Oh, ma belle, comme tu m'as manqué ! C'est de ma faute, hein ? Oui, je sais. Il a toujours fallu que je gâche ce que j'aimais le plus. Tu as faim ?

Retenant ses larmes, elle qui pleurait si rarement, Martha avait déclaré dans un souffle :

— Dans quel état tu es, ma jolie ! mais qu'est-ce qui t'arrive ?

— Plus tard. Maintenant tu es là, ça va déjà tellement mieux, tu n'imagines pas ! Oh, merde ! Tounette est morte, en plus. Il y a presque un an.

Avait-elle conscience des larmes qui dévalaient le long de son joli nez court et qu'elle ravalait d'un coup de langue nerveux ?

— As-tu faim, Martha ?

— Un peu, je ne sais plus trop.

— J'ai fait cuire un poulet. Je savais que tu viendrais, je le savais ! Oh, mon Dieu, j'ai tellement besoin que tu sois là ! tu ne peux pas savoir !

Martha l'avait repoussée gentiment et Claire avait croisé immédiatement ses bras maigres sur sa poitrine. Martha les avait desserrés pour contempler, avec une infinie tristesse, les marques brunâtres et les hématomes accumulés à la pliure des coudes. Elle était restée silencieuse et Claire avait déclaré d'une petite voix :

— Bien. Voilà, tu sais, maintenant. J'ai les mêmes aux chevilles, sous la langue aussi, mais moins parce que ça fait très mal de se piquer là.

Martha avait demandé d'une voix étrangement paisible :

— Où est Thérèse ?

— Je l'ai renvoyée. Je lui ai dit de prendre sa retraite. Elle devenait vieille et elle était fatiguée. Elle est retournée en Bretagne, à contre-cœur. Je ne voulais pas qu'elle voie cela, absolument pas. Je lui promets toujours que j'irai la voir quand elle m'appelle, mais tu as vu à quoi je ressemble, maintenant ?

— Mais qu'est-ce qui, pourquoi... Oh et puis merde, on s'en fout, non ? Et si on allait dévorer ce poulet ? On bouffe à pleines mains, d'ac ? Thérèse n'est plus là pour nous faire des remontrances.

Elles avaient dévoré le poulet, de la graisse jusqu'aux cheveux, et bu une excellente bouteille de Saint-Emilion de la cave du père de Claire.

Entre deux bouchées, Claire avait articulé :

— Tu restes un peu ou tu te sauves ?

— Je reste le temps qu'il te faudra, ma belle. Toujours et toujours et toujours. Et tu sais, l'enfer, c'est pour les autres, parce que je n'ai jamais menti, du moins pas à toi.

Claire avait vidé son verre et l'avait à nouveau rempli, entamant la deuxième bouteille.

Cette nuit-là, elles avaient dormi ensemble, dans le grand lit bateau de Claire, comme tant d'autres nuits. Lorsque Martha s'était réveillée le lendemain, Claire n'était plus à côté d'elle. Elle s'était enfermée dans la salle de bains attenante à sa chambre et Martha n'avait pas insisté. Elle était redescendue vers 3 heures de l'après-midi, pâle mais calmée, et avait grignoté un toast du bout des lèvres. Martha avait demandé, comme si elle s'inquiétait du temps qu'il ferait demain :

— Ça dure combien de temps ?

Claire l'avait fixée de ce regard gris-bleu qui semblait maintenant dévorer tout son visage :

— Jusqu'à demain, je pense, peut-être un peu plus si je fais un effort.

Martha avait souri :

— Si tu meurs, je vais en enfer. Donc, il ne faut pas que tu meures, nous sommes bien d'accord ?

— Oui.

— Il y a un hôpital, à la cité universitaire. Je sais qu'ils ont un service de désintoxication.

— Je n'irai pas. Il faut donner son nom, je n'irai pas !

— Bien. Il faut que je voie un vieil ami. Tu m'attends, hein ?

— Toujours et toujours et toujours.

La plaque en cuivre du Dr Dumas avait été

remplacée par celle d'un certain Dr E. Laplace. Elle était montée quand même pour attendre. Une femme qui tentait de calmer un bébé hurlant était installée dans la salle d'attente. Lorsque Martha s'était assise devant le grand bureau du généraliste et qu'il avait commencé par le « comment allons-nous » de rigueur, elle avait répondu « fort bien, je cherche le Dr Dumas » ;

— Vous êtes une de ses anciennes patientes ? J'ai repris sa clientèle.

— Il n'est pas mort, au moins ? J'ai eu de ses nouvelles il y a moins de trois mois.

— Non, il vient de se retirer. Vous êtes une amie ou une parente ?

— Non, je suis son ancienne secrétaire, il m'a beaucoup aidée. Avez-vous sa nouvelle adresse ?

Le médecin avait à peine hésité avant de lui tendre une petite carte.

Le Dr Dumas s'était retiré dans sa propriété de Feuillères, la villégiature des grosses fortunes de Saint-Honoré-le-Bois. Claire devait avoir hérité de la grosse ferme seigneuriale qui appartenait à son père, une des plus belles bâtisses de Feuillères. Martha avait repris sa voiture de location et parcouru les 60 kilomètres qui la séparaient de Feuillères comme dans un rêve. Elle aurait été incapable de décrire ce qu'elle avait pensé, ce qui s'était passé durant ces trois quarts d'heure de route.

Le Dr Dumas l'avait accueillie avec des exclamations de joie, la grondant gentiment :

— Oh ! Martha ! appelle-moi Antoine, maintenant. J'ai l'impression d'avoir 100 ans. Et puis cesse de me vouvoyer. C'était bon quand tu étais une épouvantable gamine !

Il avait un peu grossi et s'était dégarni. Il s'était affairé, une théière à la main et elle le regardait avec une tendresse dont elle reprenait le fil comme s'ils s'étaient quittés hier.

Il était heureux de la voir, elle le sentait, et ne s'était pas enquis de la raison de sa visite. Martha avait commencé par lui raconter sa vie des dernières années, les Etats-Unis, l'informatique, et comme il avait eu raison de la diriger dans cette voie. Il lui avait demandé des nouvelles de sa mère et elle avait répondu qu'elle jouissait du privilège de n'en avoir aucune. Il l'avait détaillée avec ce regard sérieux de petit garçon sage et avait conclu :

— Oui, je vois. C'est bien ce que j'avais pressenti. Elles ont déménagé, tu sais ?

— Ah non, je l'ignorais.

— Si, il y a deux ans, un peu plus. D'après ce que j'ai entendu — tu sais, les médecins sont comme les coiffeurs ou les prêtres, on leur dit tout, surtout ce que l'on devrait taire — elles sont parties à la cloche de bois, en abandonnant des ardoises un peu partout. D'autant qu'elles s'étaient fait pas mal d'ennemis dans le coin.

Ils avaient dégusté une deuxième tasse de thé de Chine et Martha avait demandé :

— C'est du Lapsang ?

— Non, c'est du tari-souchong, ma chère ! C'est encore plus fumé. Tu n'aimes pas ?

Martha avait répondu d'un trait :

— Si, beaucoup ! Comment fait-on pour désintoxiquer quelqu'un de l'héroïne ?

Antoine Dumas l'avait fixée, grave et tendre :

— Ah ! Claire, n'est-ce pas ?

Martha l'avait regardé, bouche pincée.

— Tu peux me le dire, Martha, ça ne sortira pas d'ici. J'ai toujours beaucoup aimé Claire, même si je ne l'ai, malheureusement, que peu vue. Tu sais, je te l'ai dit, nous sommes comme les coiffeurs et les prêtres, les bruits circulent.

Martha avait persisté dans son silence, le regard plongé dans le fond de sa tasse en porcelaine d'une transparence presque bleutée. Le vieux médecin avait poursuivi :

— Je connaissais bien la mère de Claire. C'était l'unique rejeton d'une des grandes familles du coin. Claire lui ressemble beaucoup. Jeune fille, Anne était très jolie, pleine de vitalité, drôle, un peu fofolle. On lui pardonnait tout parce qu'elle était charmante et puis aussi parce que c'était une demoiselle Praban de Quinzac. Elle avait une cour de jeunes hommes suspendus à ses basques, tu n'imagines pas. J'en étais, bien sûr. J'étais déjà un petit gros à l'époque et si elle aimait bien sortir avec moi, c'était surtout parce que je la faisais rire. J'ai dû devenir trop pressant, toujours est-il qu'elle s'est fâchée avec moi. Je suis parti à Paris faire ma médecine et lorsque je suis revenu, elle était mariée. Et puis, un jour, elle est entrée dans mon cabinet de consultation. Elle était.... Elle était encore plus belle et plus radieuse que dans mon souvenir et Dieu sait qu'il était vivace.

— Vous l'aimiez ?

— Oh oui. Mon Dieu que je l'ai aimée ! Tu sais, c'est toujours difficile à dire. On tombe amoureux à 14-15 ans d'une jeune fille du même âge et dix ans, vingt ans plus tard on ne sait plus si c'est l'habitude d'aimer ou vraiment l'amour qui vous tient toujours. Mais quand elle est entrée dans mon bureau, j'ai compris que ce n'était pas seulement une jolie habitude.

— Elle l'a su ?

— Bien sûr qu'elle le savait. Mais vois-tu, Anne était une vraie grande bourgeoise, pas un de ces petits pingres bourgillons qui tiennent la vieille ville et qui étalent leur sans-gêne en le confondant avec de la désinvolture. Elle était décapante, insolente, tolérante, et elle avait une courtoisie, une élégance de grande dame. Elle était mariée et aimait son mari. Selon elle, cela signifiait quelque chose qui n'avait pas besoin d'être expliqué, et c'est tout. Cet après-midi-là, nous avons papoté, ri, échangé de vieux souvenirs et puis elle m'a tendu une enveloppe d'un hôpital parisien.

Antoine Dumas avait lentement fermé les paupières, s'adossant plus profondément dans le grand fauteuil anglais à oreillettes qu'il occupait. Puis, il avait rouvert les yeux et soupiré :

— Elle avait un cancer du foie, pas mal évolué pour une femme de son âge. Elle m'a demandé si elle pouvait avoir un enfant, s'il n'y avait aucun risque que le bébé l'attrape en quelque sorte. Je lui ai répondu que non. Elle m'a demandé, au vu des analyses, si elle aurait le temps d'avoir un bébé. Je lui ai répondu que je n'en savais rien. Et elle a changé de conversation. Nous avons encore un peu parlé de choses et d'autres et puis elle s'est levée. Juste avant de sortir, elle s'est retournée. Je crois que je la reverrai toujours. Elle était à croquer avec son manchon et sa toque en astrakan gris posée sur son chignon blond, le même blond que Claire. Elle m'a juste dit dans un sourire : « Je crois, Antoine, qu'il n'y a rien de plus désespérant que de partir en se disant que l'on n'a rien fait de sa vie. »

— Et vous l'avez... je veux dire, tu l'as revue ?

— Oh oui. Je me suis occupé d'elle durant sa grossesse, et puis du bébé dès qu'il est né. Anne est morte six mois plus tard. Sa disparition a été un chagrin terrible pour son mari et puis pour moi. Ensuite, pendant vingt ans, je me suis en quelque sorte rassuré en me disant que c'était moi qui avais eu le plus de peine, moi qui l'avais le plus aimée, mais c'est faux. Lui, il s'est laissé mourir pour la rejoindre dès que sa fille a été élevée. Il aurait dû vivre centenaire. Il n'avait aucune pathologie, si ce n'est le dégoût de la vie et Dieu sait que c'est une des pires que je connaisse. Moi, j'ai été lâche, j'ai réussi à aménager mon désert de façon assez confortable.

Antoine Dumas avait essuyé ses paupières d'un revers de main et avait versé du thé dans leurs tasses vides avant de poursuivre :

— C'est pour cela que tu peux me faire confiance, Martha. Claire, c'est peut-être la fille que j'aurais pu avoir, qui sait ? Jean Cocteau dit qu'il n'y a pas d'amour, il n'y a que des preuves d'amour. Le père de Claire a prouvé son amour à Anne, en élevant sa fille, en retardant le moment de la rejoindre. Moi je n'ai rien prouvé.

Martha avait fondu en larmes, hoquetant sans pouvoir se maîtriser. Enfin elle était parvenue à articuler :

— Oui, c'est elle. Je suis rentrée des Etats-Unis pour l'aider mais je ne sais pas quoi faire.

Elle ne veut pas aller dans un hôpital, elle a peur qu'un dossier la suive ensuite.

— Elle a raison. On tente de faire changer la loi, de façon à ce que l'anonymat des intoxiqués soit garanti, mais on n'y est pas encore. C'est comme pour l'avortement. Tu crois que c'est à cause de son homosexualité ?

— Quoi ? avait demandé Martha en levant brutalement la tête.

— Ah, merde ! Tu n'étais pas au courant. Je suis... vraiment désolé. J'étais certain que tu le savais, après tout tu es sa meilleure amie.

— Tu veux dire que Claire est...

— Oui, Claire est lesbienne. Pas mal de gens ont cru que tu l'étais aussi, avant que tu partes.

Martha s'était levée d'un bond, folle de rage. Elle avait crié :

— J'ai couché avec plus de mecs que je peux m'en souvenir et...

— Qu'est-ce qui t'arrive, Martha ? Pourquoi te justifies-tu comme cela ? Et qu'est-ce que cela peut foutre ?

Elle s'était rassise d'un coup : qu'est-ce que ça pouvait foutre en effet ? Claire était lesbienne et alors ? En quoi cette révélation changeait-elle quoi que ce soit de ce qui existait quelques secondes auparavant, ce que Martha aimait chez elle ? Après tout, elle s'était fait sauter par un nombre incalculable de mecs. Cela l'avait-il abîmée ? Elle s'était souvenue soudain de cette Karine et s'était demandé fugacement, s'il y avait eu entre elle et Claire autre chose qu'une lettre. Elle avait repris son souffle et dit :

— Elle ne sait pas que je sais. Je crois qu'il vaut mieux ne pas lui dire pour l'instant.

— D'accord.

— Qu'est-ce qu'on fait, Antoine ?

— Ça va être très dur, tu sais. Amène-la ici. Nous sommes isolés au milieu des vignes. J'ai une petite maison d'amis au fond du parc. Je vais la préparer. Toi, tu t'installes avec moi.

— Je préférerais être avec elle.

— Non, tu ne préféreras pas. Et puis, tu risques de craquer et il ne faut pas. Je vais aller me procurer les médicaments dont j'ai besoin à Orléans. C'est à cent bornes et personne ne me connaît là-bas. Il vaut mieux que vous arriviez de nuit, disons vers 11 heures du soir, d'accord ? On dînera ensemble et puis on verra. Allez, ma belle, courage, ça ne fait que commencer.

Martha s'était levée et avait demandé :

— Ça va durer combien de temps ?

— Le pire durera une quinzaine de jours peut-être, je ne sais pas. Je dois t'avouer que je n'ai qu'une connaissance théorique de ce genre de problème. Le reste durera beaucoup plus longtemps.

Martha était rentrée en ville et avait expliqué à Claire ses retrouvailles avec Dumas, n'omettant qu'un ou deux détails.

— Tu es d'accord, Claire ? Il a dit que ce serait difficile.

— J'ai le choix ?

— Non, pas avec moi.

— Alors on y va. Tu restes avec moi, hein ?

— Oui.

— Alors tout va aller. Ça risque de ne pas être une partie de plaisir. Je sais ce que c'est que le manque, mais on plonge. (Elle avait hésité avant de poursuivre :) Tu es sûre que tu ne vas pas me détester, après ? Ça risque d'être assez gerbant, tu sais ?

— Oui. On s'en fout, on se saoulera quand tout sera fini.

— Martha ? Ne m'écoute pas, ne me permets pas de craquer, je vais craquer. Va jusqu'au bout, même si je ne veux plus. Fais-le pour moi.

— C'est une affaire qui roule, cocotte. Tiens bon, j'arrive, ma belle. Je n'ai pas peur, donc tu n'as pas peur, c'est tout.

Le voyage nocturne jusqu'à Feuillères avait été calme, paisible. Claire s'était lovée sur le siège passager, ses jambes repliées sous elle, le regard tourné vers Martha, un sourire aux lèvres. Martha avait souri à son tour en l'apercevant du coin de l'œil :

— Pourquoi tu ris ?

— Je ne ris pas. Je suis heureuse, alors je souris. On est encore loin ?

— Non, on y sera bientôt. Antoine a dit que nous dînerions ensemble.

— Je n'ai pas très faim.

— Il faut que tu manges.

— Oui maman !

— Tu savais qu'il connaissait très bien ta mère ?

— Oh oui. C'était un de ses plus fidèles prétendants. Je crois, d'après ce que m'a dit mon père, qu'il a été très amoureux d'elle.

— Et cela ne l'ennuyait pas, je veux dire ton père ?

— Non, il connaissait ma mère. Je crois au contraire que ce qui l'aurait étonné, c'est qu'on ne tombe pas amoureux d'elle. Je me suis souvent demandé s'il serait resté aussi fou d'elle si elle avait vécu.

— *A priori* et d'après ce que m'en a dit Antoine, je répondrais par l'affirmative.

— Martha, crois-tu qu'on puisse aimer la même personne toute sa vie, je veux dire aimer passionnément ?

Martha avait gardé le silence quelques instants puis :

— Il y a un mois, je t'aurais répondu que c'était impossible, mais maintenant je le crois.

Il avait semblé indispensable à Martha de changer de conversation, tout de suite, parce que la nuit, ce voyage, le silence de l'habitacle, l'objet de leur séjour à Feuillères sécrétaient une sorte d'urgence, appelaient de nécessaires, mais très inconfortables confidences. Elle avait demandé, idiotement, parce que c'était la première chose à laquelle elle avait pensé :

— Tu t'en sors comment pour gérer ton patrimoine ?

Claire avait soupiré et tourné la tête vers la vitre. Le charme était rompu, c'était mieux.

— J'ai un comptable. Je n'ai rien à faire qu'à me laisser vivre, de toute façon je n'ai jamais rien su faire.

Martha s'était tue parce qu'elle la sentait devenir agressive. Et elle avait pris conscience à cet instant qu'elle ne voulait surtout pas savoir si Claire l'avait aimée, l'aimait peut-être, autrement que comme une amie.

Elles n'avaient plus échangé un mot jusqu'à leur arrivée devant la propriété d'Antoine Dumas. Martha avait dirigé la voiture sous le grand porche pavé puis s'était arrêtée devant les trois marches de l'entrée du corps de ferme principal. Le grand salon était illuminé et Antoine était apparu en haut des marches, un sourire aux lèvres.

Claire était descendue de voiture, hésitante. Antoine l'avait rejointe, les bras ouverts et elle avait posé sa tête contre son épaule.

— Oh mon petit, ça va s'arranger, vite. Ta mère était si courageuse, c'était même un des êtres les plus braves que j'aie jamais connus. (Puis, pouffant et l'entraînant vers le salon :) Ça doit être passé dans les gènes, non ? Tu sais que pendant la guerre, elle était encore toute jeune, elle a fait un bras d'honneur à un officier allemand qui la sifflait dans la rue, mais en face !

Claire avait demandé en riant :

— C'est pas vrai ?

— Si ! Le problème, c'est qu'elle ne savait pas au juste ce que cela signifiait, si ce n'est que c'était désagréable. M. Praban de Quinzac a dû aller s'expliquer à la Kommandantur et comme ce n'était pas non plus un homme facile, l'histoire aurait pu tourner au carnage si le parrain d'Anne, un évêque, le frère de sa mère, n'était pas intervenu.

Claire avait éclaté de rire :

— J'ignorais cette histoire !

Dumas avait répondu, avec une sorte de bonheur dans la voix :

— Oh, tu sais, c'était quelqu'un, ta mère ! Figure-toi qu'un jour, nous avons fugué pour aller voir Charles Trenet qui se produisait en ville. C'était un « zazou », alors fatalement, nous avions interdiction de simplement mentionner son nom. Ta mère en était folle. J'ai ramassé mes économies et acheté des places dans le plus grand secret et je l'ai emmenée. Quelle histoire ! Ta mère chantait à tue-tête « C'est un jardin extraordinaire ». On s'est amusés comme des fous, jusqu'au moment où on a vu débarquer, dans la salle de cinéma où il chantait, le père Dumas escorté du père Quinzac qui n'avaient pas l'air de rigoler.

— Et qu'est-ce qui s'est passé, ensuite ?

— Eh bien, nous nous sommes fait remonter les bretelles par nos géniteurs respectifs. J'ai fondu en larmes devant le mien mais ta mère serrait les lèvres et levait le nez pour regarder son père droit dans les yeux. Il lui a ordonné : « Baisse les yeux, ma fille ! » et elle a répondu en tapant du pied : « Certainement pas, monsieur. Je n'ai rien fait de mal. » « Si, tu as désobéi. » « C'était un ordre stupide ! » Je crois qu'il hésitait entre une rage folle, et un immense orgueil, parce qu'il assistait à une belle manifestation de ses gènes.

Ils avaient continué comme cela, dégustant le vin de la cave de Dumas, le faisan en gelée, la compote de pommes meringuée. Martha les avait regardés tout au long du dîner, attendrie, participant à peine à cette conversation parce qu'Antoine s'y faisait plaisir et s'y soulageait en racontant les menues anecdotes qui le liaient à la femme aimée et parce que Claire redécouvrait une mère grâce aux souvenirs d'un étranger. Antoine reprenait le fil de sa vie parce qu'il reprenait possession d'Anne, en étant son seul témoin, et Claire découvrait que la légende d'Anne était encore plus réelle qu'elle ne l'avait jamais cru. Martha était ravie parce que Claire riait, mangeait, buvait, parce qu'elle était encore capable de sauter dans la vie. Claire, un peu endormie, avait demandé d'une voix émue :

— Vous l'aimez toujours, n'est-ce pas ?

— Fais-moi plaisir, dis-moi « tu ». Oui, bien sûr. D'ailleurs je n'ai jamais aimé qu'elle. C'est curieux, parce qu'à part un baiser dans le cou que je lui ai volé, il n'y a jamais eu rien d'autre. Mais putain ! quel baiser ! sans doute le seul dont je me souvienne.

Claire avait posé la question qui semblait l'obséder :

— On peut donc aimer toute sa vie la même personne, en n'ayant rien d'autre que son propre amour ?

— Bien sûr. Il suffit de trouver la bonne personne, je devrais peut-être dire la mauvaise.

Claire avait ri et Antoine avait poursuivi :

— Tu vois, si on exclut le fric, la plus grande histoire de l'humanité, d'où qu'elle soit, c'est l'amour. L'amour pour n'importe quoi, n'importe qui. Du reste, ayant personnellement réglé les problèmes financiers de ma vie, je peux te dire que c'est la seule chose qui vaille le coup, qui te rende grand, même quand tu rampes.

Ils étaient restés silencieux quelques minutes, écoutant le gémissement des bûches qui s'écroulaient en braises dans la grande cheminée, puis Antoine s'était redressé dans son fauteuil, avait croisé les mains et demandé :

— Tu es sûre que tu veux le faire, n'est-ce pas ?

— Oui. Absolument.

— Tu te doutes que ce sera très difficile, je veux dire pour toi.

71

— Pour vous aussi, je suppose, vous deux.

— Mais nous sommes là pour toi, Claire.

— Je veux que cela cesse. Je n'ai même pas voulu que ça commence. Je ne sais pas comment j'en suis venue là.

— Bien. Allons-y !

Il s'était levé et Claire avait agrippé son poignet :

— On va jusqu'au bout, c'est clair, n'est-ce pas ?

— On ira, ne t'inquiète pas. Il faut que tu gardes toujours dans un coin de ta tête la certitude que Martha t'aime, que je t'aime, que nous le faisons pour nous trois, n'est-ce pas ?

— Oui, je sais.

— Tu te sens comment, là ?

— Ça va encore. Ça ira moins bien d'ici une petite dizaine d'heures.

Ils avaient traversé le parc, chichement éclairé par la lune et pénétré dans la petite maison d'amis. Antoine les avait conduites jusqu'à une chambre située à l'étage. Martha avait remarqué l'ameublement plus que sommaire de la petite pièce : un lit, une table, un tabouret, un pot de chambre. La fenêtre était ouverte et les volets cloués par de grosses planches. Antoine n'avait pas chômé. Il avait attrapé sur le lit une sorte de chemise de femme comme on en voit dans les fripes.

— Déshabille-toi, Claire, et enfile ça.

Ils s'étaient tournés tous les deux, sans se donner le mot et Antoine avait ajouté :

— Tu enlèves tout, même les bijoux, la montre, les chaussures. Tu n'auras pas froid, j'ai monté le chauffage.

Il régnait en effet dans la pièce une chaleur de serre.

Antoine s'était absenté et Martha l'avait entendu descendre l'escalier. Puis il était réapparu et avait tendu deux comprimés et un verre d'eau à Claire :

— C'est quoi ?

— Du Valium. Tu vas t'écrouler et faire un gros dodo. Du reste, tu vas dormir pendant quinze jours, c'est ce que tu as de mieux à faire. Lorsque le Valium ne suffira plus, nous passerons à autre chose, ne t'inquiète pas. Martha va passer la première nuit dans la chambre à côté de la tienne. Demain elle dormira dans la maison, avec moi. Si tu sens que ton cœur s'emballe et te fait mal, ne panique pas, j'ai ce qu'il faut. (Il avait hésité puis déclaré :) Tu peux tout casser, tu peux hurler, tu peux faire ce que tu veux, cela n'a aucune importance. N'oublie jamais que nous sommes dans ton camp, jamais contre toi.

Claire avait murmuré :

— Je crois que j'ai un peu peur.

Martha l'avait prise dans ses bras :

— Accroche-toi, ma belle, je suis là. Je serai toujours là.

Claire avait souri petitement :

— Bon, eh bien, c'est une affaire qui roule !

Martha s'était réveillée au petit matin, en nage. Elle avait ouvert la fenêtre de sa chambre et s'était recouchée sans parvenir à se rendormir. Elle épiait le silence de la maison, guettant les premiers bruits de Claire. L'air glacial du matin de novembre s'engouffrait dans la pièce, et elle se releva pour refermer la fenêtre. Martha contempla le parc couvert d'une rosée gelée, les peupliers qui abandonnaient en cascade leurs dernières feuilles. Elle imagina toutes ces petites vies que l'hiver décimerait, ces oiseaux gelés, ces légers mammifères épuisés par la neige et le froid. Elle avait jusque-là toujours aimé l'automne et concédé à l'hiver une sorte de grandeur hautaine et solitaire, une netteté presque réconfortante, mais la venue du froid avait cette année une qualité funèbre. Elle chercha un autre mot pour désigner cette sensation pesante et, n'en trouvant pas, inventa « mortifère ». La plainte des ressorts du sommier de la chambre voisine la tira de cette désagréable rêverie.

Martha avait trouvé Claire assise sur le lit, pâle, les cheveux ébouriffés.

— Ça va ?

— Ça tient.

— On va petit-déjeuner ?

— Je n'ai pas trop faim. En fait, j'ai la nausée.

— Je peux te faire un thé si tu veux. Il y a une kitchenette en bas.

— Oui.

Lorsque Martha était remontée avec deux mugs fumants, Claire semblait ne pas avoir bougé. Elle tremblait légèrement et avait dû prendre sa tasse à deux mains. Elle avait bu une gorgée avant de poser le mug par terre en déclarant :

— Beurk, ça ne passe pas. Tu m'aides à prendre une douche ? j'ai l'impression de puer. Je me sens un peu flageolante. Il n'y a pas été avec le dos de la cuiller, Antoine.

Martha s'était assise sur le rebord de la baignoire pendant que Claire s'agenouillait pour se laver. Elle s'était séchée avant d'exploser :

— Merde, il n'espère tout de même pas que je vais remettre la même chemise de nuit pouilleuse durant deux semaines !

Martha l'avait regardée, sans un mot.

— Je suis désolée, Martha, c'est crétin de s'énerver pour une bêtise.

Elles étaient retournées dans la chambre, s'installant côte à côte sur le lit.

— Tu veux venir prendre un peu l'air ?

— Non, j'ai froid.

Un pas avait résonné dans l'escalier et Antoine avait passé la tête par le chambranle de la porte :

— Bonjour mesdames. Ce petit froid vif est revigorant.

Il avait regardé Martha avant de se tourner vers Claire en souriant :

— Tu n'as pas faim, je suppose ?

— Non.

— Bon, mais il faut que tu boives. Allez, fais plaisir à tonton Antoine.

Martha avait senti que Claire faisait un effort gigantesque pour maîtriser sa nervosité et sa mauvaise humeur. Le regard d'Antoine s'était posé sur les mains aux doigts crispés. Il avait demandé tendrement :

— Ça commence ?

— Léger.

— Avale, avait-il poursuivi en tendant un comprimé à Claire.

Claire s'était exécutée, déglutissant avec peine. Martha avait suivi la goutte de sueur qui dévalait de sa tempe, tombant sur le coton de sa chemise. Ils avaient ensuite bavardé de choses et d'autres durant quelques minutes. Claire avait du mal à se concentrer pour répondre aux questions anodines d'Antoine. Enfin ses paupières s'étaient alourdies et son débit s'était ralenti. Martha s'était levée pour lui allonger les jambes sur le lit.

— Elle dort ?

— Elle va somnoler quelques heures. Viens.

Ils avaient quitté la chambre, Antoine poussant un gros verrou tout neuf.

Martha ne devait jamais se souvenir précisément comment elle avait passé cette journée, ni, du reste, celles qui suivirent.

Antoine et elle avaient rendu plusieurs petites visites à Claire dans l'après-midi. La jeune femme somnolait ou tentait de maîtriser les tremblements de ses bras en les serrant autour d'elle. Lorsque Martha lui avait apporté un peu de soupe ce soir-là, Claire transpirait à grosses gouttes. Elle était parvenue à articuler en claquant des dents :

— J'ai froid, je crève de froid.

— Antoine a monté le chauffage au maximum, il fait presque trente dans la chambre.

— Putain, je m'en fous ! Je crève de froid, je te dis ! Je veux retourner à la maison, Martha. Ramène-moi !

Martha avait hésité une fraction de seconde et répondu :

— Non. On reste. On va jusqu'au bout.

Claire l'avait regardée avec un air étrange et s'était retournée sur le lit, face au mur, lui tournant le dos. Martha avait murmuré avant de sortir :

— Je t'aime, tu sais.

Elle avait attendu quelques instants le soupir qui lui répondait :

— Moi aussi, si tu savais. Il vaut mieux pas, après tout.

Ce soir-là, Martha avait refusé d'accompagner Antoine lorsqu'il était retourné visiter Claire pour parler un peu et surtout la gaver de calmants. Lorsqu'il était revenu, elle l'avait fixé d'un air interrogateur auquel il avait répondu d'un « Ça va plutôt bien ». Elle ne l'avait pas cru, mais du reste, il ne l'espérait pas.

Martha se sentait déraper encore plus vite que Claire. L'idée idiote qu'elle aurait souhaité avoir mal à sa place ne quittait plus son cerveau et nourrissait la crainte qu'elle avait de ne pas être à la hauteur de la trouille, de la souffrance de Claire.

Elle s'était écroulée quelques heures plus tard dans son lit, se débattant dans un sommeil hanté par des bribes de souvenirs mais surtout des scènes qu'elle avait fuies, des phrases éludées.

Lorsque Martha avait poussé le verrou le lendemain matin, Claire s'était jetée sur elle en sanglotant et en bafouillant :

— J'en peux plus, j'arrête ! Je veux qu'on me ramène à la maison, tout de suite ! (Soudain, elle hurla :) Je vais crever ! je le sens, je te dis que je suis en train de crever ! Je vais dégueuler mon cœur !

Elle avait renversé le pot de chambre au milieu de la pièce, intentionnellement ou pas, et l'odeur ammoniaquée de l'urine pesait dans l'air trop chaud.

— Calme-toi ! Tu ne vas pas crever ! Antoine va te donner quelque chose.

Claire était frêle, petite, mais la panique ou la douleur concentrait en elle une force que Martha n'avait jamais soupçonnée. Martha avait tenté de la maîtriser en la soulevant à bras-le-corps. Mais Claire se débattait comme si elle ne la reconnaissait pas. Elle lui avait asséné une gifle à toute volée et Martha n'avait pas tourné la tête assez rapidement pour l'esquiver. Le tranchant de la main de Claire avait percuté l'arête de son nez et quelque chose de tiède et très doux, réconfortant même, avait coulé. Martha avait ouvert la bouche pour reprendre son souffle et avait recueilli le sang qui dévalait dans sa gorge. Claire s'était figée, bouche ouverte, des larmes glissant le long de ses joues creuses et presque grises :

— Oh merde ! C'est pas vrai que je t'ai fait du mal, merde ! J'ai toujours voulu te faire du bien... Merde !

Elle était tombée à genoux, les bras repliés sur la tête, hurlant comme un animal. Le son avait rempli la chambre comme une vague énorme, heurtant les murs, se répercutant dans les coins et Martha avait hurlé à son tour :

— Ta gueule, arrête !

Elle avait soulevé Claire comme un paquet, s'étonnant de sa légèreté, la traînant jusqu'au lit. Elle s'était abattue sur elle pour la forcer à s'allonger et à fermer les yeux : au moins, elle ne criait plus. Martha, couchée sur Claire, avait senti quelques secondes durant, ou peut-être une heure, sa tête se vider et devenir infiniment lourde. Rien n'est plus lourd qu'un désert. Le halètement de Claire l'avait tirée de cette pesanteur qui s'étirait toujours plus profondément :

— Relève-toi, je t'en prie ! Vite, je vais vomir !

Martha avait eu à peine le temps de se soulever. Claire avait vomi un filet de salive jaunâtre sur ses genoux. La tête penchée en avant, les épaules soulevées de renvois secs, elle pleurait doucement.

Martha, assise à côté d'elle, l'avait enveloppée de ses bras :

— Tiens bon, ma belle. Ça va passer. Ne craque pas maintenant. On tient le bon bout.

Elles n'entendirent pas Antoine pousser la porte, avancer jusqu'à elles. Antoine avait détaillé la glissade de sang séché qui liait la narine de Martha à sa lèvre.

— Coucou, les filles !

Elles avaient levé la tête en même temps et Antoine avait tendu à Claire deux comprimés et un verre d'eau. Elle avait docilement avalé le somnifère. Martha avait envie de passer ces quelques instants d'avant le soulagement seule avec Claire.

— Je te rejoins à la maison, Antoine ?

Il avait compris, souri avant de sortir en hochant la tête.

D'une petite voix qui ressemblait à l'école, à une belle blouse bleue, à une Cérémonie de l'œuf, ou une première cuite, Claire avait demandé :

— Tu repars, après ? Aux Etats-Unis ? Tu es amoureuse de ce mec, ce Barney ?

— Barney ? Amoureuse, non, pas vraiment.

Du reste, je ne pense pas être jamais tombée amoureuse. J'ai eu des coups de cœur, des envies de sexe aussi.

— Alors tu repars ? avait insisté Claire d'une voix déjà ralentie.

— Je ne sais pas. Qu'est-ce que tu en penses ?

Claire avait gloussé mais sans un son :

— Tu veux vraiment que je te le dise ? Tu restes avec moi, toute ta vie. Ma maison est grande. Je suis sympa, je te file la plus belle chambre, c'était celle de ma mère. Et tu peux récupérer l'étude de mon père pour y travailler.

— Remarque, je peux aussi bien créer des logiciels en France qu'en Californie. Je vais appeler Barney. Il va probablement m'insulter et en faire un caca nerveux, mais ça s'arrangera.

Claire avait fermé les yeux et soupiré. Elle avait tendu la main et Martha avait faufilé ses doigts au milieu des siens. Lorsqu'elle avait senti la pression se relâcher, elle avait quitté la chambre, poussant le verrou derrière elle.

Antoine l'attendait dans le grand salon, debout devant un feu de cheminée si neuf qu'il bleuissait de ses flammes le tapis ivoire.

— Ça va durer encore combien de temps, Antoine ?

— Elle t'a frappée ? Il ne faut surtout pas lui en vouloir. Je ne sais pas. Je t'ai dit que j'avais une connaissance très théorique de ces problèmes. Une petite quinzaine, pour ce que j'en sais.

— Je ne lui en veux pas, mais ça me fait mal de la voir dans cet état.

— Eh bien, cramponne-toi parce que le plus dur, ce sont les deux ou trois jours à venir.

Il était très en dessous de la vérité, comme Martha devait le découvrir quelques heures plus tard. Et durant trois jours et quatre nuits Martha s'était battue centimètre après centimètre contre l'avancée du désert. Elle avait maîtrisé les fureurs de Claire parce qu'Antoine était trop léger, peut-être également pas très courageux. Elle avait calmé sa peur lorsqu'elle se dilatait jusqu'à envahir les moindres recoins de son cerveau. Et Martha roulait à terre avec Claire, et s'asseyait sur son ventre, plaquait ses jambes de ses pieds, lui tenant les bras pendant qu'Antoine lui injectait un anesthésique, ou quelque chose pour soutenir son cœur qui s'emballait comme s'il voulait s'enfuir de son thorax. Elle la maintenait en attendant que Claire s'essouffle, s'épuise, la sueur plaquant sa chemise de nuit sale, souillée de vomissures et d'urine, jusqu'à ce qu'elle s'endorme en murmurant des bribes de phrases incompréhensibles, mais que le prénom de Martha rythmait. Antoine et elle avaient établi un rite tacite. Lorsque le petit corps douloureux de Claire se détendait enfin, Antoine sortait de la chambre et s'asseyait sur les marches, en haut de l'escalier. Martha la déshabillait comme une poupée, comme un enfant, et allait chercher la cuvette qu'elle remplissait d'eau tiède. Elle lavait Claire, changeait sa chemise de nuit. Elle ramenait un peu d'ordre dans cette chambre défaite, un peu d'air pur pour chasser les odeurs de sueur, d'excréments, ces odeurs de déchéance physique, de souffrance et de terreur. Des odeurs d'humanité que Martha savait inoubliables. Si, durant les deux premiers jours, elle avait eu cent fois envie de fuir, de

81

gommer les cris et les sanglots de Claire parce qu'ils la mettaient en pièces, une heure d'extrême épuisement était enfin venue où elle avait su qu'elle continuerait ainsi jusqu'au bout, indéfiniment. Elle entrait en lutte sauvage contre une coulée de désert qui avançait et elle ne lâcherait pas, pour Claire et puis pour elle, parce qu'il faut toujours tenir tête au désert. Et il avait reculé, imperceptiblement d'abord, s'accrochant encore dans les bourrasques de nausée de Claire, dans les larmes qui filtraient sous ses paupières closes lorsqu'elle dormait, la main crispée sur un pan de la chemise de Martha ou recroquevillée sous une couette moite. Et enfin, il y avait eu un matin où Claire, tremblant sur ses jambes, les yeux gris-bleu lui mangeant presque toutes les tempes, avait déclaré qu'elle avait faim, qu'elle en avait marre de cette piaule, et qu'elle voulait sortir un peu.

Elles s'étaient promenées lentement dans le parc, distribuant un peu de pain trempé dans du suif fondu à quelques canards ébouriffés de froid. Claire avait ouvert grand la bouche et avalé une grande gorgée de l'air glacial et sec qui lui avait arraché une quinte de toux :

— Putain, que c'est bon ! était-elle parvenue à articuler. Tu as téléphoné à ton Barney ?

— Oui, et ce n'est pas *mon* Barney, même si c'est mon patron.

Claire avait pilé, le front plissé, demandant d'un ton cassant :

— Alors ?

— Oh, il n'était pas content du tout. Mais bon, il sait avant tout très bien additionner les dollars.

— Ça marche, alors ?

— Oui.

Claire avait éclaté de rire en frissonnant.

— Tu as froid ? On rentre ?

— Mais non, nunuche, c'est la vie qui revient. Et je sais : « ne m'appelle pas nunuche ! »

Elles avaient ri, reprenant le chemin de la maison.

— Tu as eu ton père, Martha ?

— Oui, il va bien. Je lui ai dit que tu étais malade mais que je lui rendrais une petite visite dès que tu seras rétablie.

Le ton coupant revint aussitôt :

— Quand ?

— Quand tu iras bien, tout à fait bien. Je t'emmène, si tu veux ?

— Ah oui ? Oui, mais... et s'il ne m'aime pas ?

Martha avait répondu sans réfléchir :

— Tu n'as pas besoin de gants beurre frais, ce n'est pas une présentation à la belle-famille.

Une gêne soudaine l'avait envahie. Pourquoi ? C'était le genre d'idiotie qu'elle disait avant, qu'est-ce qui avait soudain changé ? l'évidence, sans doute...

Le lendemain, elles avaient rendu une petite visite de tendresse à leur chêne, le chêne de la Cérémonie de l'œuf. Une étrange tristesse les attendait. Un large pan du bois de Saint-Honoré avait été défriché pour permettre la construction d'un lotissement.

— Oh non ! murmura Claire. J'en avais entendu parler mais je ne croyais pas que le massacre était si complet.

Martha avait tourné dans une impasse large

comme une avenue et bordée de petites maisons, pimpantes de nouveauté.

— Non, regarde ! le Chêne ! C'est dingue, là, au bout de la rue. Ils l'ont épargné !

— C'est un signe, avait déclaré Claire sérieusement.

— Ouais, c'est un signe.

Claire s'était remise, lentement. Les journées composant ces trois semaines s'étaient entremêlées d'attente et d'une vague angoisse. Angoisse de ce qu'Antoine avait élégamment baptisé une « rechute » comme si Claire se relevait d'une pneumonie, angoisse de ce passé que Martha avait cru commun mais dont elle n'avait, somme toute, connu qu'une face, et qu'il faudrait enterrer d'une façon ou d'une autre. S'y mêlait l'angoisse de ce futur qui n'irait pas sans paroles. La perspective de partager à nouveau sa vie avec Claire la comblait. Ce qu'elle avait fait sans elle, à l'exception de son travail, avait si peu d'importance et d'intérêt que ses souvenirs s'estompaient à une vitesse sidérante. Il ne lui restait encore et toujours de ses trente ans de vie, que leurs rires, leurs histoires à dormir debout, et leurs secrets si légers mais si essentiels. Mais s'y ajoutait maintenant cet autre secret, un secret qui n'était que de Claire et qu'il allait falloir partager, Martha le sentait lorsque les yeux gris-bleu de son amie se posaient sur elle, la croyant ailleurs.

Elles avaient réintégré la grande maison de Saint-Honoré-le-Bois presque un mois après l'avoir abandonnée. Antoine avait eu du chagrin de les voir repartir, parce qu'avec leur départ se réinstallait la monotonie dévorante de sa vie d'avant. Il les avait serrées tour à tour dans ses bras, se moquant de lui-même parce que les larmes lui venaient aux yeux. Cramponné aux épaules de Martha, il avait murmuré à son oreille :

— Vous revenez bientôt, hein ? Il ne faut pas laisser les vieux cons tout seuls, ça les rend mauvais.

— Promis, Antoine.

Barney avait appelé Martha un soir, lui proposant, ou plutôt lui intimant l'ordre de le rencontrer à Paris. Il ne voulait rien dire de révélateur au téléphone, se méfiant d'écoutes improbables, mais l'avait tenue plus d'une heure, l'oreille collée au combiné. Il s'agissait d'un projet supergénial, énorme ! Martha devait en être ! C'était une colossale avancée, beaucoup d'argent à la clef. Lorsqu'elle l'avait rencontré deux jours plus tard au bar du *George V*, attendant, en sirotant un martini, qu'il vienne à bout de tous ses sous-entendus et circonvolutions, Martha avait compris que l'enthousiasme et la paranoïa de Barney n'étaient sans doute pas injustifiés. Il s'agissait de mettre au point une sorte de machine à écrire informatique, intelligente. Il appelait cela « un processeur à mots ». Elle avait passé les mois suivants dans une sorte de tension électrisante et hilare, travaillant des nuits entières, programmant, déprogrammant, construisant et détruisant des pages entières de listings. Claire avait décidé d'apprendre le chinois. Elle gloussait lorsqu'elle la voyait émerger, les cheveux hirsutes, les yeux cernés et rougis de fatigue, de l'étude de son père qu'elles avaient réaménagée en fourre-tout électronique. Martha s'écroulait un peu n'importe où, un fauteuil, un lit, une marche et s'endormait à n'importe quelle heure comme une brute. Enfin, un premier programme avait été achevé. Barney avait exigé qu'elle l'envoie en plusieurs parties, noyé au milieu de programmes bidons. Claire avait accompagné une Martha titubante de fatigue à la poste. Sur le chemin de retour, elle avait demandé :

— Au mieux, cela nous fait combien de jours de vacances avant qu'il te le renvoie ?

— Cinq ou six jours. Une semaine avec vraiment du bol.

— Tu veux partir voir ton père ?

— Ce serait chouette, ça te dit ? Deux ou trois jours.

Elles étaient arrivées le lendemain peu avant midi devant la petite maison encore fleurie de chrysanthèmes en cette époque de l'année. Le père de Martha les attendait, ravi. Ces deux jours avaient filé paisiblement. Claire était tombée amoureuse de Lola et Pilou, Rita étant morte quelques mois auparavant. Elle faisait preuve d'une voracité qui comblait le vieil homme et le rassurait sur ses qualités de cordon-bleu qui n'avaient jamais intéressé sa fille. Martha l'avait trouvé vieilli, fatigué aussi. Lorsqu'elle lui en avait parlé, il avait ri en déclarant :

— C'est l'entrée dans l'hiver. Je ne suis plus tout jeune, ma douce.

Les premiers fragments du programme les attendaient à leur retour. Barney les avait renvoyés par bouts progressifs, raturés par endroits à coups de gros feutre hargneux, parsemés de commentaires acerbes sur l'amenuisement des capacités intellectuelles et créatrices de Martha depuis son retour en France. Elle avait failli lui téléphoner pour l'insulter mais Claire était parvenue à la raisonner. Elle avait néanmoins décidé de lui envoyer une lettre d'une sobriété déplaisante. La poste fermait bientôt, aussi avait-elle dévalé l'escalier. L'étrange sensation que son corps l'abandonnait, que son poids s'annulait l'avait presque amusée et elle s'était retrouvée, couchée à plat ventre, pliée sur trois marches, un froid bizarre se répandant tout autour de sa cheville. Lorsqu'elle était parvenue à se relever, sa cheville avait déjà doublé de volume et la peau semblait sur le point d'éclater sous la pression de l'œdème. Elle était remontée sur les fesses, appelant Claire qui était arrivée en hurlant.

— Mais ne crie pas comme cela ! Je crois que je me suis fait une entorse. Appelle le Dr Laplace. Il est inutile de déranger Antoine maintenant.

L'entorse s'était révélée être une fracture de la malléole externe. Le diagnostic de Claire était tombé :

— Tu en avais plein le dos, c'est tout.

— Oui, mais là j'en ai vraiment plein la cheville.

Claire avait déménagé le bureau de Martha à l'étage, et l'avait installée dans le canapé du grand salon, sur une profusion de coussins.

Un soir, ou plutôt un début de nuit, Claire avait dressé le guéridon bas, comme tous les autres soirs :

— On fête ta première semaine de plâtre ! Je

t'ai fait mon *best* ! Salade d'épinards, canette à l'orange, mousse au chocolat et champagne à volonté.

Martha avait éclaté de rire :

— Tu as vraiment cuisiné tout cela ?

— Euh, c'est-à-dire... j'ai fait la vinaigrette pour la salade et fait revenir les foies de volaille. Le reste vient de chez Lecomte, le traiteur.

— Ouf, ça me soulage, parce qu'une intoxication alimentaire en plus d'une cheville cassée, c'était trop pour la même femme. Ça doit être coton de courir aux toilettes avec quatre petites livres de plâtre sur le pied !

Elles avaient parlé de tout et de rien, des progrès de Claire en chinois, de ce processeur de mots confidentiel, des Etats-Unis, et beaucoup ri. La soirée s'était fondue dans les heures les plus froides de la nuit. Le regard de Martha était tombé sur les deux bouteilles de champagne vides et elle avait déclaré d'une voix un peu approximative :

— Ah ! je me disais bien aussi que j'étais bourrée.

— Moi aussi, j'aime bien.

— Il faudrait peut-être songer à se coucher, non ?

— Martha, tu... enfin, tu sais ? Je veux dire pour moi...

Durant une fraction de seconde, Martha avait envisagé une médiocre dérobade mais quelque chose l'avait retenue ou plutôt poussée en avant, le champagne peut-être :

— Oui. Antoine a lâché l'info. Il était convaincu que j'étais au courant.

— Tu veux dire que tu ne t'en es jamais dou-
tée ?

— Ben, non.

— Je ne parviens pas à le croire ! Mais enfin,
c'était évident ! Je veux dire que... (Elle avait
hésité, fermé les yeux et soupiré avant de
reprendre d'une voix à peine audible :) Je t'aime,
Martha.

Martha hésitait entre l'envie de fuir de cette
pièce parce qu'elle avait l'impression d'étouffer
et celle de prendre Claire dans ses bras :

— Mais moi aussi, Claire.

— Non, je t'aime autrement. Je t'aime, merde,
c'est simple à comprendre ! J'ai envie de toi !

Martha avait tenté de raisonner :

— Bon, c'est un truc relativement banal entre
anciens amis du même sexe. Il y a fatalement
des moments de confusion sentimentale.

— Arrête avec ces conneries ! Il n'existe
aucune confusion dans ma tête ! Tu ne vas pas
aussi me la faire psychanalytique, du genre c'est
parce que je n'ai pas connu ma mère que je suis
lesbienne !

Le mot avait choqué Martha :

— Et pourquoi pas ?

Claire avait haussé le ton et déclaré, maxillaires crispés :

— Parce que ce n'est pas le problème et que
de toute façon je m'en fous ! C'est, un point c'est
tout, et il faut que je fasse avec.

Martha avait pris sa main et murmuré, les
yeux rivés sur les franges du tapis :

— Je me doute que ce doit être très pesant à
vivre. Je veux dire, les gens sont plus tolérants,

mais ce ne doit pas être de la tarte, quand même.

— Non. Regarde-moi, Martha !

Martha avait levé les yeux à contrecœur.

— Non, ce qui est pesant c'est d'avoir passé sa vie à aimer quelqu'un qui ne comprenait pas, ou qui ne voulait pas comprendre. C'est de continuer à aimer, à vouloir un rêve ! (Criant presque, elle avait achevé :) Ce qui est pesant, c'est que tu te sois fait sauter par n'importe quel connard !

— Ce n'étaient pas des connards. C'étaient tous des types gentils.

— Ah ouais ? Et comment ça se fait, alors, que tu les a additionnés les uns derrière les autres, que tu sois incapable de te souvenir précisément de quelques-uns ? Tu voulais battre un record ou créer une amicale ?

L'énervement gagnait Martha. Elle s'était résolue à cette conversation, sans doute parce qu'elle ne pouvait plus l'éviter. Mais elle constatait avec effarement qu'elle avait surtout voulu s'accorder le beau rôle, celui de l'amie tolérante et consolatrice. L'idée que Claire pût lui reprocher quelque chose, un manquement peut-être, lui insupportait. D'un ton sec, elle s'était défendue :

— Tu deviens agressive ! Je ne me permets aucun jugement sur tes... comment dire, préférences sexuelles, alors épargne-moi tes remarques acerbes sur les miennes !

Une immense tristesse avait nagé dans le regard gris-bleu accroché au sien :

— Oh non, Martha ! *Préférences sexuelles*, dis-tu ? Je te parle d'amour, de désir, tu comprends ?

Elles étaient demeurées silencieuses quelques instants, puis Martha était parvenue à articuler :

— Claire, je n'ai plus envie de parler de cela. On va se coucher ?

— Non, je veux une vraie explication ! Ce sera la première et la dernière. Je te le promets mais j'y ai droit.

Martha avait soupiré de lassitude, d'incertitude aussi :

— D'accord.

— Tu n'as jamais... enfin je veux dire, tu n'as jamais couché avec une femme, ou du moins eu envie d'une femme ?

— Non, ça ne m'a jamais traversé l'esprit.

— Tu aurais essayé, sans cela, ou c'est inacceptable selon toi ?

— Non, je ne trouve pas cela « immoral » si c'est ce que tu veux dire. « Immonde », ajouta-t-elle dans un sourire, en se souvenant de cette fille du lycée, Karine. D'autant que j'aurais du mal à me convaincre moi-même que je suis farouche de ce côté-là.

Claire avait expulsé un hoquet :

— Pardon, le champagne me sort par les narines.

— Oh, beurk !

— Les borborygmes et les oignons aux pieds sont le lot des vieux couples.

Elles avaient éclaté de rire et Martha avait hoqueté à son tour. Claire avait ouvert une troisième bouteille, déclarant d'un ton docte :

— Bof, au point où nous en sommes.

Martha avait déclaré forfait à la deuxième

coupe, tentant de se lever en titubant, trébuchant dans son plâtre. Claire l'avait conduite en peinant jusqu'à sa chambre. Martha ne sut jamais si le reste était intentionnel ou si la cuite expliquait leur maladresse. Elles s'étaient retrouvées emmêlées l'une dans l'autre, le plâtre de Martha coincé par le dessus-de-lit et Martha s'était aperçue que cette gêne qui l'avait empêtrée toute la soirée avait disparu. Les lèvres de Claire avaient été sur sa bouche, d'abord hésitantes, légères, puis violentes, exigeantes.

— Non, non arrête ! Arrête, Claire !

— Pourquoi ?

Martha s'était redressée malhabilement, hésitant entre la panique et le rire :

— Non, attends, je ne sais pas comment on fait.

— Comment ça, « comment on fait » ? Tu n'es pas pucelle, quand même ?

— Non, mais, euh, là c'est différent. Je veux dire, je ne sais pas comment on fait avec une femme.

— Comme ça vient, nunuche !

Claire était parvenue à la déshabiller. Martha se tortillait, tentant de l'aider à son tour et un son creux avait précédé de peu un gémissement de douleur :

— Claire ? Claire, je t'ai fait mal ?

Claire avait les yeux clos, Martha l'ayant presque assommée d'un coup de plâtre. Martha, affolée, l'avait secouée jusqu'à ce qu'elle ouvre les yeux et un fou rire inextinguible l'avait prise. Claire s'était redressée en se frottant le crâne :

— Il suffisait juste de me dire que tu ne voulais vraiment pas. Il était inutile de me frapper !

Martha hoquetait, essuyant d'un revers de main, les larmes de rire qui coulaient le long de ses joues. Elle avait bafouillé :

— C'est ce que j'appelle une technique de baise percutante.

Claire avait explosé de rire à son tour, parvenant à articuler :

— Merde, j'ai tellement fantasmé sur cette première nuit.... Mais c'est au-delà de mes rêves les plus fous !

Elles s'étaient endormies peu après, gloussant encore par saccades dans leur demi-sommeil.

Le lendemain matin, Martha s'était réveillée avec une migraine qui lui vrillait la tempe droite et irradiait douloureusement jusqu'à la base du nez. Claire était déjà levée. Les bribes du souvenir de la veille s'étaient progressivement arrangées dans sa mémoire et elle était demeurée hésitante, assise dans le lit. Comment annoncer à Claire que la nuit dernière avait été unique, même si elle n'avait pas existé ? Et pourquoi ? Sans doute parce que les choses seraient alors trop compliquées, dangereuses aussi. Lorsque son amie avait déposé sur le lit un plateau lourd de deux énormes bols de café au lait fumant et de tartines, elle avait su qu'aucune explication ne serait nécessaire. Claire avait compris.

Les jours avaient passé sans qu'il soit à nouveau question de cet « écart d'histoire » comme l'avait nommé Martha. Elles avaient fêté le réveillon de Noël à Tours et Martha avait trouvé son père encore plus fatigué que la dernière fois. Lorsqu'il ne prenait pas garde à maintenir cette façade joviale et détendue, elle revoyait par instants le petit homme gris. Elles avaient ensuite sauté dans la nouvelle année chez Antoine qui avait passé la semaine à préparer un réveillon qui aurait sans doute pu rassasier une douzaine de convives.

C'est vers la mi-février que Barney avait annoncé sa visite en France. Il souhaitait rencontrer Martha à Paris, pour discuter de l'avancée de leur projet, s'excuser un peu aussi. Martha devait faire l'aller et retour dans la journée et Claire avait insisté pour venir la chercher à sa descente du train de crainte qu'elle ne trouve pas de taxi au milieu de la soirée.

Martha avait pénétré avec dix minutes d'avance dans le hall de ce charmant petit hôtel du Quartier latin qu'affectionnait Barney. Il l'attendait déjà, assis dans un fauteuil baquet bleu roi, le regard perdu dans une de ses habituelles rêveries. Martha l'avait trouvé amaigri, moins poupin, plus calme aussi. Il s'était laissé pousser un bouc dont les nuances poivre et sel ravivaient le bleu héliotrope de ses yeux. Martha s'était surprise parce que seul l'esthétisme de l'intelligence de Barney l'avait émue jusquelà. Elle découvrait qu'elle le trouvait beau, attirant sans doute. Ils avaient passé la matinée à travailler dans le petit salon de réception, meublé de guéridons en acajou aux pieds élégamment tournés, de fauteuils profonds et aux murs tendus d'une moire d'un gris tendre et reposant. Ils étaient juste sortis pour déjeuner dans une pizzeria du boulevard Saint-Michel, commandant un vin italien trop lourd qui avait tourné la tête de Barney. Ils avaient ensuite flâné un peu avant de retourner à l'hôtel pour reprendre leurs listings. Lorsque enfin Barney s'était levé, il était 5 heures du soir et le jour déclinait déjà. Il avait regardé Martha, un vague sourire indécis aux lèvres, puis tendu la main vers elle sans un mot. Elle l'avait suivi jusqu'à sa chambre. Il lui semblait maintenant évident que cette journée devait se terminer ainsi même si elle n'y avait pas pensé avant. Elle ne s'était que très brièvement souvenue que Claire l'attendait, se rassurant en concluant qu'elle comprendrait que Martha avait raté son train. Les heures suivantes n'avaient pas été une déception parce que Martha n'en attendait rien de particulier. La douceur systématique de Barney et son extrême méticulosité l'avaient rapidement anesthésiée. Elle avait ensuite assisté en spectatrice à cette chorégraphie amoureuse si prévisible qu'elle en devenait ennuyeuse. Barney appliquait avec rigueur une sorte de distribution équitable des plaisirs et des attentes. Lorsqu'il s'était endormi, Martha s'était demandé s'il n'avait pas concentré toutes ses audaces dans ses neurones pour ne laisser au sexe qu'une affligeante mièvrerie. Et la pensée de Claire s'était imposée dans son demi-sommeil, la tirant du lit. Elle s'était habillée, descendant à la réception pour téléphoner :

— Je suis désolée, Claire, j'aurais dû t'appeler.

Un silence, puis le ton calme de Claire :

— Oui, je me suis inquiétée. C'est Barney ?

— Oui.

— Tu rentres quand ?

— Dès que je trouve un train.

— Le dernier part à 21 h 17.

— Bon, j'ai le temps.

— Je t'attendrai.

— Merci.... Je suis vraiment désolée, Claire.

— Mais de quoi, Martha ?

— Bon, je fonce.

Il était presque minuit lorsqu'elle était arrivée en gare de Saint-Honoré-le-Bois. Claire l'attendait. Elle avait pleuré mais affichait un sourire accueillant. Martha avait ressenti une sorte de gêne, de honte peut-être et en avait voulu à Claire, l'accusant de se servir de sa douleur jalouse comme d'une arme, de s'octroyer un rôle de victime alors que Martha n'était coupable de rien. Elle n'appartenait pas à Claire, du moins pas de cette façon et Claire n'avait pas à lui imposer un amour ou un désespoir d'amour dont elle était la seule actrice. Martha ne l'avait jamais accepté d'aucun de ses amants.

Un silence étrange, seulement entrecoupé des mots et des bruits du quotidien, s'installa dans les jours qui suivirent. Martha avait réintégré son bureau situé au rez-de-chaussée, n'en sortant que pour dîner et aller se coucher. Les tentatives de Claire pour briser ce mur diffus mais impénétrable que Martha avait installé entre elles étaient demeurées vaines. Barney avait téléphoné pour demander d'un ton troublé des explications mais Martha s'était contentée de répondre comme si ces quelques heures avaient été gommées de sa mémoire. Barney avait insisté. Il repartait aux Etats-Unis dans quelques heures. Martha lui avait souhaité bon voyage d'un ton égal. Elle avait raccroché, jetant un regard machinal sur sa montre. Il était à peine midi. Pour la première fois depuis trois jours, elle avait soudain eu envie de déjeuner avec Claire, de parler avec Claire, de rire avec elle. Elle était restée plantée au milieu du bureau, tête baissée, constatant avec surprise qu'elle pleurait : elle avait utilisé Barney contre Claire, sans même en être consciente. Elle voulait prouver à Claire, le plus vite possible, toute la réalité de l'impossibilité qui les séparait, mais cela ne la convainquait même plus elle-même. Elle avait sottement blessé Barney et Claire parce qu'une lâcheté pathétique la poussait à chercher une démonstration de ce qu'elle voulait, ou ne voulait pas être. Martha était précipitamment montée à l'étage. Claire était sortie et elle avait découvert un petit papier griffonné sur la table ronde de la salle à manger : « Tu as menti. »

Les minutes, les heures et les jours qui avaient suivi ensuite s'étaient confondus dans un désordre de larmes, de gens, de mots, d'actes sans logique. La voiture de Claire avait percuté à pleine vitesse un arbre dans le quartier des nouveaux lotissements, un gros chêne. L'enquête avait conclu à un accident, sans que ces causes soient vraiment déterminées. Mais, après tout, Claire était une Praban de Quinzac par sa mère. Etrangement, le seul répit qu'avait connu cette douleur en pointe avait été cet appel de l'hôpital de Tours, parce qu'il l'avait assommée tout à fait. Son père s'y mourait d'un cancer généralisé qu'il avait tu depuis deux ans. Il avait fait euthanasier Lola et Pilou quelques heures avant d'entrer à l'hôpital et Martha y avait vu une autre démonstration de sa faillite. Même le petit homme doux savait qu'elle était incapable de faire vivre qui que ce soit.

Martha avait passé deux semaines à Tours, dans une sorte de coma, une hébétude douloureuse. Elle sanglotait parfois, les yeux secs, comme si elle avait déjà dépensé toutes ses larmes. Elle finissait par ne plus comprendre les phrases des voisins, des passants, les fixant sans parvenir à les distinguer les uns des autres. Elle avait ensuite constaté avec stupeur qu'elle avait réglé les formalités de l'enterrement, de la mise en vente de la petite maison sans même s'en rendre compte. Lorsqu'elle était retournée à Saint-Honoré-le-Bois, Antoine l'attendait, prêt à la hisser hors de ce cauchemar sans fin, qui répétait toujours les mêmes scènes, les mêmes silences sans que rien ne modifie leur séquence. La violence de ce chagrin l'avait épuisée. Elle avait dormi comme une brute durant deux jours, trouvant Antoine à son réveil. Pourtant, elle était seule au centre du désert.

Martha avait terminé le programme informatique au mois de septembre suivant. Elle l'avait envoyé sans un mot à Barney parce qu'elle n'avait rien à lui dire, du reste, elle n'avait plus rien à dire à personne, sauf parfois à Antoine lorsqu'il parlait d'Anne et qu'elle lui répondait par Claire. Martha avait vendu la grande bâtisse du centre-ville pour emménager dans un petit pavillon qu'elle préférait louer.

L'hiver s'était installé progressivement, arrogant et définitif comme le désert.

Martha gara la Jaguar devant la vieille grille du joli cimetière. Un total apaisement remplaça la fureur qu'elle hébergeait depuis des mois. Elle s'avança en souriant vers la tombe de marbre rose dont elle seule s'occupait. Elle avait planté, des deux côtés de cette dalle pesante, des pieds de lavande indisciplinés et de sauge aux plates feuilles gris mauve. Elle s'assit un moment par terre, adossée à la pierre froide et regarda le ciel en murmurant :

— Il fait calme, ma belle.

Elle demeura là un long moment, puis se leva et referma la grille derrière elle.

Martha conduisit sans hâte jusqu'au bois de Saint-Honoré et tourna dans la large impasse. Elle revint au point mort à une centaine de mètres du cul-de-sac et sourit au grand chêne. Elle parvint à empêcher son regard de descendre pour distinguer la vilaine cicatrice laissée par l'impact de la voiture de Claire. De toute façon, elle était trop loin. Elle se demanda vaguement si elle parviendrait à embrasser la même plaie de l'écorce. Elle embraya. Son pied enfonça la pédale d'accélérateur.

Babouille et Minouille vont en bateau. Babouille tombe à l'eau, à moins que ce ne soit Minouille. Que reste-t-il ? Le désert.

L'AUTRE

Rosanna sortit lentement du café d'autoroute dans lequel elle s'était arrêtée quelques minutes pour se détendre et boire un café insipide mais chaud.

La porte vitrée se referma contre son dos et son regard balaya rapidement le petit parking en direction de sa Honda vert olive. La nuit tombait déjà, mais aucune ombre étrange ne la fit se précipiter à nouveau vers l'intérieur. Elle courut presque jusqu'à la voiture, s'installa rapidement au volant, puis verrouilla sa portière en poussant un soupir de soulagement. Il lui restait encore à parcourir les 5 miles la séparant du centre-ville où elle habitait, puis quelques minutes ou une heure d'attente avant d'être capable de sortir de la voiture, de traverser la rue et de gravir quatre à quatre les cinq étages parce qu'elle ne parvenait plus à prendre l'ascenseur. Ensuite, elle s'enfermerait chez elle, ensuite tout irait bien.

Le Dr Sheen disait que ses attaques de panique allaient s'espacer, se raréfier et que tout irait mieux dans quelque temps. Mais Rosanna ne constatait pas beaucoup d'amélioration. Il est vrai qu'elle en était seulement à sa quatrième visite.

Au début, juste après, elle n'avait pas voulu consulter de psychanalyste. Elle n'avait pas envie de raconter la fuite, les dérapages dans les virages de la forêt, l'autre voiture qui la dépassait, se rabattait brutalement puis décélérait et bloquait la sienne. Après, les coups, son corps traîné sur le bas-côté, les deux mecs ivres ou défoncés ou les deux, leurs rires, le sperme qui lui coulait le long des joues, puis la nuit, puis du bruit, des lumières, des voix.

Elle avait attendu en grelottant qu'une femme tire un écouvillon d'un petit pot en plastique. Rouge, le couvercle du pot était rouge. Et puis, on lui avait permis de se laver. Non, ça c'était après. En fait, elle ne se souvenait plus exactement de l'ordre dans lequel le reste de la nuit s'était traîné en longueur.

Les flics qu'elle avait vus n'étaient pas méchants, ni même goguenards. Non, ils s'en foutaient, c'est tout, mais ils s'en foutaient gentiment. L'un d'entre eux, un blond qui parlait avec lenteur, avait sans doute cru la consoler en déclarant : « Ben, vous avez quand même eu du pot qu'ils ne vous aient pas plus tabassée ou même butée. » Les flics s'étaient ensuite un peu énervés parce que le signalement qu'elle donnait de ses deux agresseurs était flou. Oui, c'étaient deux Blancs, d'une trentaine d'années. Non, elle ne pouvait pas être plus précise quant à la couleur de leurs yeux, ou de leurs cheveux ou leur taille, parce qu'elle avait fermé les yeux, attendant stupidement de cette pénombre un soulagement, une annihilation. La seule chose qu'elle pouvait décrire comme si sa rétine en gardait encore l'empreinte, c'était leur voiture : une Cadillac, un vieux modèle avec des ailes comme des nageoires de requin. Elle était turquoise, chrome et turquoise. Deux des flics s'étaient jeté un regard au-dessus de sa tête et l'un avait murmuré :

— Putain, ça faisait longtemps ! Ça les reprend.

Elle n'avait pas compris si la suite s'adressait à elle, ou s'ils l'avaient déjà rangée avec leurs autres dossiers, parce qu'elle tentait de maîtriser la nausée qu'elle sentait remonter vers le fond de sa bouche.

— Ben ouais, Bob, mais ça fera comme la dernière fois. Ils planquent la bagnole et ils s'en servent que pour leurs virées à la con. Faut dire que sans ça, on les aurait déjà coincés. C'est le genre de caisse qui se repère.

Dans les jours qui avaient suivi, Rosanna s'était progressivement convaincue que quelque chose allait changer, définitivement, sans savoir quoi. Il s'agissait d'une sorte de symbole, quelque chose qui devait marquer de façon indélébile cette cassure qu'elle trimbalait avec elle depuis cette nuit-là.

Elle poussa les deux verrous de la porte de son appartement avec un soupir haché. Il lui avait suffi de vingt minutes pour se décider à sortir de voiture. Il faut dire que l'heure y était pour quelque chose. Les gens dînaient et la rue était libérée des présences terrorisantes. Elle prit une longue douche et avala un somnifère.

Quand, dans les jours qui suivirent, se rendit-elle compte qu'elle finissait par vivre à deux dans sa tête ? C'était à la banque, de cela elle était sûre parce que cette évidence s'était imposée à elle au moment où elle cherchait un prétexte plausible pour ne pas recevoir un de leurs clients. La sensation était déconcertante mais plutôt agréable. Il y avait Rosanna, qui sursautait à chaque claquement de porte, à chaque crissement de pneus, qui baissait le regard lorsqu'une femme en robe turquoise, ou un gamin sur un vélo turquoise croisait son chemin et il y avait l'Autre. Depuis quelques jours, l'Autre la forçait à s'endormir sans rêve, à sourire à cet homme qui voulait transférer des actions et dont l'odeur de transpiration lui rappelait celle qu'un des types avait abandonnée sur elle. L'Autre mangeait avec voracité lorsque l'estomac de Rosanna se soulevait à la vue de son assiette.

Elle s'aperçut ensuite progressivement qu'elle n'avait plus besoin de solliciter l'arrivée de l'Autre dans sa tête. Elle y venait dès que Rosanna perdait pied, naturellement, comme un organisme symbiotique. Ce fut sans doute davantage l'Autre qui décida qu'elle devait démissionner de son poste de conseiller financier. Il sembla à Rosanna que Mr Greenwald ne faisait pas beaucoup de difficultés pour la laisser partir, alors qu'il aurait tempêté, avant.

Ce vendredi soir-là, Mr Greenwald lui remit son chèque du mois grossi d'une prime substantielle qui toucha beaucoup Rosanna, parce que l'Autre, elle, s'en foutait. Du reste, Rosanna se demandait parfois ce qui l'émouvait ou l'intéressait vraiment, à part vivre. Mr Greenwald la raccompagna et l'abandonna sur le seuil de la banque avec un sourire presque embarrassé. Rosanna aurait bien scruté les deux côtés de la rue pour être sûre qu'aucune Cadillac turquoise ne surgirait, mais la démarche décidée de l'Autre l'accompagna jusqu'à sa Honda garée sur le trottoir d'en face. Mr Greenwald suivit des yeux la voiture vert olive jusqu'à ce qu'elle tourne au coin de la rue et revint lentement vers un des guichets en bois roux sombre. Gêné, il demanda à la caissière :

— Sharon, je m'en voudrais d'être indiscret, mais vous étiez assez amie avec Rosanna, je crois ?

— Ben, c'est-à-dire que... Oui, on peut dire cela.

— C'est-à-dire que quoi ?

— Je ne sais pas, depuis un mois, elle est bizarre, très distante.

— Ah, c'est bien ce que je me disais. Elle est... comment dire...

— Oui, c'est étrange. Vous savez, je crois que ça remonte à sa chute, quand elle est tombée en décrochant ses rideaux et qu'elle n'est pas venue pendant trois jours. Elle ne s'était pas ratée, elle avait des bleus partout. Sauf que bien sûr, je ne vois pas le lien. Par moments, elle est abattue, complètement amorphe, on dirait qu'elle est angoissée et à d'autres, elle pète la forme si vous voyez ce que je veux dire. De toute façon, à chaque fois que je l'ai invitée, ces temps derniers, elle a commencé par accepter, puis elle m'appelait le soir même pour se décommander.

Mr Greenwald, se raccrochant à ce qu'il croyait savoir des jeunes femmes, demanda timidement :

— C'est peut-être un chagrin d'amour ?

Sharon eut une moue dubitative et répondit :

— Je ne crois pas. Elle n'avait personne depuis presque un an. Son ancien petit ami a trouvé du travail à Boston et avec le temps et l'éloignement, il a fini par oublier son numéro de téléphone.

Mr Greenwald hocha la tête en signe d'impuissance et d'incompréhension et retourna dans son bureau.

Quelques heures plus tard, Rosanna et l'Autre remplirent le caddie de victuailles et Rosanna s'étonna de la quantité de viande rouge qu'elle déposait sur le tapis de caisse. Il y avait aussi trois bouteilles de cabernet sauvignon californien et une bouteille de scotch. Par contre, une fois chez elle, elle se rendit compte qu'elle avait oublié le lait et le beurre de cacahuètes.

Au deuxième verre de vin, une sorte de brume lui brouilla les idées mais l'Autre en but encore deux. Rosanna n'avait pas très faim, mais d'un autre côté, l'Autre avait raison : il faut toujours manger lorsque l'on boit. Pourtant, ce qui agaça Rosanna ce soir-là, c'est de se retrouver au volant de sa Honda parce que l'Autre voulait faire une petite balade nocturne. D'autant que l'Autre avait oublié quelque chose et qu'elles durent remonter du parking. Curieusement, Rosanna n'eut pas peur, cette fois-ci, alors que depuis un mois elle préférait une contravention à l'idée de traverser le parking souterrain et désert de son immeuble. L'Autre fourra ce qu'elle avait oublié dans un sac plastique et le glissa sous le siège passager. Sur le moment, Rosanna se demanda vaguement ce que contenait le sac, puis l'oublia. Elle conduisit sans trop savoir où elle allait durant plus d'une heure, puis comprit que l'Autre en avait assez. Elles rentrèrent et Rosanna n'hésita qu'une fraction de seconde avant de s'engouffrer dans le boyau sombre qui conduisait à sa place de parking. Il lui sembla que l'Autre traînait à descendre de voiture, traverser le parking, appeler l'ascenseur, comme si elle attendait quelque chose.

Rosanna s'écroula sur son lit, songeant vaguement que pour la première fois depuis son enfance elle n'avait pas le courage de se laver les dents, non, elle n'en avait pas envie.

Les jours qui suivirent s'écoulèrent selon un rythme étrange, totalement anarchique. Rosanna passait des heures allongée sur le lit à regarder pour la centième fois des vieux films. L'Autre avait une nette préférence pour les comédies musicales, Rosanna pour les mélos. Après tout, c'est chouette les comédies musicales. Elle gardait les volets fermés toute la journée, ne les entrouvrant qu'à la nuit tombée, de peur que Sharon ou une autre ex-copine de la banque ne passe et se mette en tête de lui rendre visite. Les petites feuilles vert gras du ficus que Rosanna dorlotait depuis des années, qu'elle avait eu tout petit et qui s'élargissait maintenant dans le salon comme un arbre, mollirent, se marbrèrent de jaune et le ficus creva. De toute façon, c'est chiant les plantes d'appartement, faut toujours s'en occuper. Rosanna oublia de faire sa sacro-sainte gym matinale dans la salle de bain. Elle se contraignait à un quart d'heure d'haltères et une demi-heure de mouvements abdominaux tous les matins. D'un autre côté, ça ne sert à rien, dès qu'on arrête les muscles fondent ! Elles ne descendirent faire des courses que deux fois cette semaine-là, choisissant une heure que Rosanna savait correspondre au moment d'affluence à la banque. Le caissier auquel elle était habituée, un type sympa avec qui elle échangeait de menues plaisanteries, jeta un regard admiratif sur le contenu de leur caddie :

— Ben dites donc ! vous nourrissez toute une famille ou quoi ?

Imbécile ! Elle changerait de caisse la prochaine fois. Et s'il continuait avec ses vannes débiles, elle écrirait à la direction.

En rentrant, Rosanna trouva sur son répondeur un appel étonné du Dr Sheen :

— Ma chère Rosanna, vous avez manqué deux séances. Que se passe-t-il ? Voulez-vous que nous en parlions ? Je crois qu'il serait prématuré que vous mettiez un terme à votre thérapie maintenant.

Va te faire foutre Ducon ! C'était pas avec ses atermoiements, son sourire à 70 dollars la demi-heure et ses questions à la mords-moi-le-nœud qu'elles allaient régler leur problème.

Le lendemain, en début de soirée, Rosanna fut presque contente que l'Autre suggère une balade en voiture. Elles sillonnèrent la campagne environnante sans hâte, prenant le temps de surveiller tous les hangars de ferme, tous les chemins. Il était presque minuit lorsqu'elles décidèrent de rentrer par la route de forêt que Rosanna avait empruntée pour la dernière fois deux mois auparavant. Et soudain, les phares de la Cadillac furent dans le rétroviseur. Le conducteur était seul. Rosanna accéléra machinalement, le pare-chocs de la Cadillac remonta rapidement pour frôler le coffre de la Honda. Elle leva le pied de l'accélérateur et la voiture qui la suivait ralentit à son tour. La salive s'accumula dans la bouche de Rosanna et l'Autre tira du sac en plastique blanc glissé sous son siège un des haltères de la salle de bain et le lui tendit. Rosanna pila à la sortie du virage et entendit derrière elle le hurlement des pneus de la Cadillac. Elle déboucla sa ceinture et ouvrit grand sa portière. Dans le rétroviseur latéral elle vit un homme se précipiter vers sa voiture. Avant même qu'il soit à sa hauteur, l'odeur de sa transpiration l'écœura. Elle se leva d'un bond. L'homme ouvrit la bouche.

Albert Farr était fou de rage. Encore une gonzesse qui avait trouvé son permis de conduire dans une pochette surprise. Il avait bel et bien failli lui rentrer dedans. Non, mais quelle gourde de s'arrêter brusquement à la sortie d'un virage ! Bon, d'accord, il la serrait un peu mais c'était parce qu'il était crevé par une journée de route et que suivre les feux arrière de la Honda lui permettait de se concentrer. Enfin, le bouseux qui venait de lui revendre la Cadillac turquoise n'avait pas menti : c'était une tire fiable. Pourtant, il avait l'air d'un sale type, le genre pas franc. Au début Albert avait hésité à lui racheter sa caisse mais Rebecca, sa femme, allait être folle de joie. Elle disait que les vieilles Cadillac, c'est comme un grigri, ça porte chance et réussite.

Impossible de savoir si c'était elle ou l'Autre, ou les deux peut-être, qui cognait, cognait, cognait jusqu'à ce qu'il ne reste du visage de l'homme que des cheveux collés de sang.

LA CASSETTE À MALICES

Ce pingre petit matin de novembre, il sembla à Charles que sa vie s'atténuait brutalement.

Il regarda le fin visage ridé, les cheveux blancs qu'il avait fallu faire couper court, parce qu'elle ne pouvait presque plus lever la tête depuis deux mois.

Elle était morte, dix minutes plus tôt, dans un dernier sourire pour lui, un dernier baiser-soufflé, comme elle les appelait lorsqu'il était enfant.

Les yeux de Charles détaillèrent avec une insistance presque douloureuse le beau nez aquilin, l'arc parfait des sourcils, la bouche encore charnue malgré l'âge. Dans quelques heures, on la recouvrirait d'un lourd panneau de chêne et il voulait mémoriser les traits de sa mère jusqu'au moindre détail. Il lui ressemblait un peu, en moins fin, en moins élégant, ayant emprunté à un père qu'il avait peu connu la lourdeur de ses maxillaires, et ce soupçon de double menton qu'il subissait depuis l'enfance et dont sa mère prétendait qu'il lui donnait l'allure d'un caneton nouveau-né.

Charles souleva avec une infinie douceur la fine main rosée, aux jolis ongles arrondis et l'embrassa avant que l'indécent ivoire de la mort ne la décolore. Il s'émerveilla, pour la millième fois peut-être, de ce que ce corps si léger avait su insuffler de force et d'énergie dans sa propre vie. Il s'interdit de la revoir comme il l'avait retrouvée deux mois plus tôt, en rentrant : recroquevillée sur le tapis, au pied de son lit, paralysée par un thrombus cérébral et ne pouvant plus parler.

Il n'avait pas envie de bouger, pas envie d'appeler, de prévenir, parce qu'il imaginait les larmes, les regrets de tous ceux qui l'avaient connue, qui s'étaient attardés un peu dans sa chaleur, sa bienveillance et ses rires. Leur peine serait une irréversible déclaration de décès. Charles avait juste envie de rester là, assis à ses côtés, comme tous les jours, et de se souvenir.

Charles avait grandi bercé par les sourires, le rire espiègle et tendre, les rares froncements réprobateurs des beaux sourcils de sa mère. Elle savait inventer des histoires invraisemblables et échevelées qui mettaient le palais du grand Mongol et les bateaux marchands de l'empire de Chine à leur porte. Il y avait une sorte de voûte dérobée à l'ouest de la Poméranie qui permettait d'accéder directement au Monde Souterrain où devisaient de chaleureux petits bonshommes prompts à la farce, pas toujours du meilleur goût, selon elle. La légende en avait fait les lutins et les elfes, mais il s'agissait en réalité des indigènes du Monde d'En Bas.

Charles gardait de son père, décédé d'une crise cardiaque lorsqu'il n'avait que 7 ans, un souvenir vague et plat. C'était un homme taciturne, un général d'infanterie, dont les rares phrases sonnaient toujours comme un reproche. Sa mère l'évoquait peu et toujours de manière flatteuse, sans doute pour ne pas peiner son fils, mais Charles avait cru comprendre qu'il avait été un homme sévère et profondément ennuyeux.

Quelques jours après son enterrement, sa mère et lui avaient déménagé du sombre appartement de la caserne qu'ils occupaient jusquelà. Ils avaient élu domicile dans une immense bastide à l'est de Montpellier qui faisait partie des biens laissés par son père. La vie avait tout à coup pris un rythme chaotique et lumineux.

Il se souvint avec un sourire de délice des promenades dans la garrigue, des arrêts brutaux de sa mère qui, un doigt sur la bouche, lui indiquait du regard la probable cachette d'un grillon ou d'une musaraigne.

Charles avait parfois craint que sa mère ne s'attache à un autre homme, parce qu'il commençait à comprendre les regards appuyés ou douloureux de certains prétendants. Dieu qu'elle était jolie ! Elle avait cet indescriptible charme des femmes si belles qu'elles n'y prêtent plus attention. Mais elle savait se défaire, sans arrogance ni brutalité, des soupirants trop envahissants. Un jour, Charles s'était armé d'un soudain courage et avait demandé :

— Je croyais qu'il te plaisait vraiment, celuilà ?

— Oh oui, sans doute, mon chéri, avait-elle répondu avec une petite moue ravie. Mais je ne veux qu'un homme dans ma vie, mon Charlesbébé.

Car il avait toujours été « bébé » et ce surnom, sans doute abusif pour un notable de 50 ans, l'émouvait encore.

Charles avait été un élève brillant, vivace et courtois. Il était convaincu d'avoir hérité de la vive intelligence de sa mère et puis tout était prétexte à jeux, fables, rires avec elle. La plus rébarbative des leçons de géographie ou d'algèbre devenait un territoire propice aux rêves et aux gloussements. Y débarquaient, selon l'humeur de sa mère, des lutins, Lancelot du Lac ou la fée Macaroni qui alignait ses ensembles de pâtes de couleur, comme éblouissante démonstration que l'ensemble des pâtes aux épinards appartient bien à l'ensemble de toutes les pâtes. Elle se couchait par terre sur le ventre à côté de lui, fronçait le front de concentration avec lui et ils s'expliquaient mutuellement les cours de la journée jusqu'à les avoir aussi bien compris l'un que l'autre.

Charles avait ensuite opté pour des études de médecine. La perspective de cette carrière ne lui déplaisait pas mais surtout la faculté de Montpellier était réputée et il pourrait rentrer tous les soirs chez eux.

Il avait rencontré Nicole durant son internat. Nicole avait deux ans de plus que lui et était infirmière dans le service d'urologie. Il émanait d'elle, à cette époque, une sorte de force calme qui avait séduit Charles. Enfin, c'est ainsi qu'il l'avait caractérisée au début de leur liaison. Avec le recul, force était d'admettre que la fulgurante révélation du sexe avait sans doute beaucoup contribué à son attachement pour Nicole. Car il était vierge lorsqu'il l'avait rencontrée. En réalité, il n'avait jamais pensé au sexe avant que Nicole ne ferme la porte de la salle de repos de l'hôpital, le déshabille et le pousse gentiment sur le petit lit de repos. Dans la confusion de peaux et de sueur qui avait suivi, il s'était vaguement demandé pour quelle raison cette fonction physiologique dont on parle en termes de besoin, ne s'était pas imposée à lui auparavant. Il ne lui semblait même pas s'être jamais masturbé, du moins consciemment.

Au fil des semaines, il avait développé pour Nicole une véritable dépendance, enfin, plus exactement pour le sexe avec Nicole. Il sentait un vide se former sous son diaphragme, un afflux de sang dévaler vers son pénis aux moments les plus incongrus : en relevant la courbe de température du col du fémur du 5, en potassant quelques pages du Rouvière, et même durant les consultations. L'inertie et l'indifférence de son cerveau durant ce qui ressemblait davantage à des spasmes qu'à un désir le déroutaient. C'était comme si son sexe obéissait à un mécanisme mystérieux et totalement autonome. Curieusement, cette fringale d'humeurs l'abandonnait dès qu'il distinguait, au détour du virage, la silhouette trapue et rassurante de la bastide. Il y retrouvait le goût du chant des grillons et le délice de l'odeur de lavande de l'eau de Cologne de sa mère.

Lorsqu'il parla pour la première fois de Nicole à sa mère, ils étaient amants depuis six mois. Elle le regarda en souriant, attendant qu'il lui raconte une jolie histoire. Elle aimait tant les histoires. Charles se rendit rapidement compte qu'il n'avait pas grand-chose à raconter, à décrire, et il eut l'impression que sa mère était un peu déçue. Son sourire enjoué revint vite et elle demanda à la rencontrer.

Elle reçut Nicole le dimanche suivant, avec cette gentillesse communicative qu'elle savait distribuer à tous. Elle tenta de la faire rire ou du moins sourire sans grand succès. Comparée à l'éclat maternel, il sembla soudain à Charles que Nicole était terne, presque gauche. Elle manquait cruellement de culture et s'était pomponnée comme une vache pour le concours agricole. Il est vrai qu'il la voyait en général nue et que leurs coups de reins laissaient peu de place à une conversation articulée. Il n'eut plus qu'une hâte : qu'elle parte et les laisse seuls et proposa presque cavalièrement de la raccompagner. Lorsqu'il revint, sa mère le gronda doucement. Après tout, cette jeune femme était sans doute intimidée. Il embrassa le beau front bombé et ils sortirent prendre le thé dans le jardin.

Il évita Nicole avec une certaine muflerie dans les semaines qui suivirent, raccrochant sèchement le téléphone lorsqu'elle le faisait appeler, lui retournant sans les ouvrir les petits mots qu'il trouvait dans son vestiaire tous les matins. Enfin, elle dut comprendre qu'elle l'exaspérait et il ne la vit plus jusqu'à la fin de son internat.

Ce n'est que deux ans plus tard qu'il apprit par hasard qu'elle avait abandonné la carrière hospitalière pour le privé. Juste après son accouchement d'un petit garçon : Charles. Etrangement, Charles ne douta pas un instant qu'il s'agissait de son fils et cette révélation l'assomma. Il hésita durant le reste de la semaine, déchiré entre l'envie de voir cet enfant

116

et une sorte de remords tardif, de honte peut-être.

Il pénétra le lundi matin suivant dans la minuscule salle d'attente du cabinet que Nicole avait ouvert. Un vieil homme attendait déjà, les mains jointes sur ses genoux, sagement assis, le regard perdu dans le vague. Charles patienta debout, se demandant à chaque seconde s'il n'allait pas ressortir en hâte. Lorsqu'elle poussa la porte de la salle d'attente, le sourire qu'elle destinait au vieillard se figea sur ses lèvres et il crut presque l'entendre déglutir. Elle avait un peu changé, en bien, en plus nerveux. Ses cheveux auburn qu'elle portait maintenant au carré conféraient à son visage une sorte de fermeté sans heurt. Le vieux monsieur se leva péniblement et avança en traînant les pieds. Elle s'effaça pour le laisser pénétrer dans le cabinet et regarda sans un mot Charles qui murmura en désignant la chaise :

— Puis-je attendre ?

— Si tu veux.

Et Charles attendit, surveillant scrupuleusement la progression de ce vide qui se reformait sous son sternum pour la première fois depuis deux ans.

Le mariage se passa dans la plus stricte intimité. Charles et sa mère étaient « tombés en amour », comme elle disait, pour le petit garçon. Ravi, il la regardait suivre du bout d'un doigt fin la ligne du minuscule nez, la courbure du menton rose du bébé, un sourire amusé aux lèvres.

Charles se laissa gagner par la conviction que la venue de son fils complétait parfaitement quelque chose d'unique, sans pourtant être capable de l'identifier clairement. Sa passion charnelle pour Nicole était revenue, aussi impérative et dévorante qu'avant, comme si seuls quelques pointillés l'en avaient détaché transitoirement. S'y mêlait maintenant une sorte de reconnaissance, de gratitude et peut-être même un besoin différent, comme si la vie du petit Charles commandait un ajout.

Deux années s'écoulèrent durant lesquelles les onomatopées ravies se transformèrent en mots, puis en phrases. Petit Charles devenait un garçonnet remuant, nerveux, prompt aux rires, aux larmes et aux cris et Charles écouta vraiment pour la première fois l'envie de Nicole. Elle voulait un autre enfant, elle voulait qu'ils trouvent un appartement dans Montpellier. Après tout, elle n'avait pas tort et sa mère devenait âgée. Les turbulences et les débordements de deux jeunes enfants risquaient de la fatiguer. Evidemment, ils passeraient tous les week-ends à la Bastide et Charles pouvait acheter un deuxième appartement pour sa mère non loin de chez eux. Charles, lui aussi, avait envie de ce deuxième bébé, une petite fille peut-être qui, avec un peu de chance, ressemblerait à sa mère, mais avec le sérieux de Nicole et ses yeux aussi. Elle avait les yeux d'un vert mordoré que Charles finissait par trouver troublant.

La nouvelle de l'accident lui brisa le souffle. Il était en pleine consultation lorsque le téléphone avait sonné. Agacé, il avait décroché le combiné et le sanglot de la voix de sa mère avait coulé dans son cerveau. Nicole avait perdu le contrôle de la voiture qu'il lui avait offerte pour Noël et percuté de plein fouet un poids lourd. Elle avait été tuée sur le coup et le petit Charles était mort peu de temps après l'arrivée des secours.

Charles devait garder un souvenir confus des semaines qui suivirent. Il les parcourut comme dans un rêve, dans un état d'abrutissement tel qu'il devenait presque indolore. On lui communiqua volontiers le rapport d'autopsie qui révélait que Nicole avait bu avant de prendre le volant et qu'elle abusait des neuroleptiques. L'information désespéra Charles sans doute parce qu'il se demandait ce qu'elle avait pu lui cacher d'autre mais surtout parce que l'idée d'une culpabilité, au moins partielle, de sa femme dans la mort de son fils s'ancrait dans son esprit sans qu'il parvienne à la combattre.

Sa mère était dévastée, il le savait au pli de ses lèvres et pourtant elle le porta à bout de bras, comme lorsqu'il était enfant et qu'il avait peur de la nuit, de son père ou des cris des soldats dans la cour de la caserne. Elle parvint à elle seule à agripper ce vide effroyable qu'il sentait en lui et à l'en débarrasser progressivement. Jamais elle ne recula, jamais elle ne faiblit.

La douleur s'estompa lentement, très lentement, et la vie se réinstalla avec une prudente lenteur, mais une lenteur obstinée.

Charles soupira et reposa la main menue que le gris jaune gagnait peu à peu. Le jour était levé. Il allait falloir se lever, téléphoner, faire des tas de choses. Il se demanda si cette fois-ci la vie reviendrait un jour, si elle le jugerait un réceptacle suffisamment intéressant pour s'y déverser à nouveau. Il en doutait parce que sa vie à lui pouvait se résumer à une métastase de celle de sa mère. Elle la lui avait donnée un jour, et durant cette presque moitié de siècle, il n'avait cessé de la contracter auprès d'elle.

Il se leva et le bout de son chausson heurta un objet métallique. Il regarda sous le lit et un sourire triste lui vint lorsqu'il reconnut la petite « cassette à malices » de sa mère. Elle y enfermait les cartes postales qu'il lui envoyait parfois, les petits mots charmants de ses 5 ans qu'il gravait laborieusement en tirant la langue pour la fête des mères ou pour Noël. Elle disait en riant que c'étaient ses petits secrets à elle, et que tout le monde doit avoir des secrets pour peu qu'ils soient gentils. Une envie folle de replonger une dernière fois dans ce passé charmant saisit Charles parce que, stupidement, il en attendait une sorte de réconfort qui lui permettrait de subir le présent. Il décrocha tendrement la petite chaîne qui pendait au cou de sa mère et à laquelle était passée la clef de la cassette à malices. Il se rassit, ouvrit la boîte et les larmes lui vinrent sous les paupières lorsqu'il dérangea la pile de cartes, de petits mots, le dessin malhabile d'un chat, et les mèches de ses cheveux que sa mère collectionnait à chaque fois qu'elle le conduisait chez le coiffeur. Ses doigts sentirent tout au fond de la boîte une sorte d'épais cahier qu'il tira. Lorsqu'il l'ouvrit, il comprit qu'il s'agissait du journal intime de cette femme qu'il avait tant aimée. Il hésita, prêt à le refermer, mais le feuilleta. Elle n'avait pas décrit ses jours régulièrement, des mois entiers étaient absents. Il s'arrêta au 11 décembre 1949, quelques jours après sa naissance et lut :

Je sais maintenant que plus rien ne sera comme avant. Lorsqu'on a déposé Charles dans mes bras, j'ai ressenti une chose étrange, comme si ma vie fondait dans la sienne, une sorte de vide éblouissant et bienheureux. Je le veux paré de toutes les qualités, de toutes les chances. Oh, mon Dieu comme je l'aime, je l'aime infiniment et déjà déraisonnablement.

Un sanglot sec faillit étouffer Charles et il respira profondément. Il s'arrêta au 5 novembre 1956, quelques semaines avant le décès de son père d'une crise cardiaque :

Je le hais, je le hais décidément. Il m'exaspère la nuit et m'ennuie le jour. Son seul mérite est de m'avoir donné Charles-bébé qui est un ravissement de tous les instants. Du reste, je ne suis pas certaine qu'il soit vraiment son père, mais peu importe, Charles est de moi, il est à moi et à moi seule. La présence insupportable de ce vieil imbécile prétentieux gâche mes moments avec Bébé. Il faut toujours qu'il y aille de ses conseils idiots sur l'éducation des garçons. Sa dernière lubie est d'en faire un militaire, de l'envoyer au plus tôt dans l'une de ces écoles sinistres. Je sais qu'il y sera affreusement malheureux. Je ne pourrai voir mon Bébé, le tenir, le respirer qu'aux vacances. Certainement pas, il crèvera avant.

La date suivante était celle du 4 janvier 1956, jour de la mort de son père :

Quelle simplicité quand on y pense. Il suffisait d'une nuit où ce vieil abruti me chevauche jusqu'à la suffocation. Il aurait dû être dans la cavalerie, pas l'infanterie. Il a des palpitations, tu m'étonnes ! Je lui prépare amoureusement sa digitaline : pof, plus rien. Mince, je me suis trompée dans le compte des gouttes. Quel parfait soulagement. Nous l'enterrons puis nous disparaissons. J'adore cette bastide dont j'hérite. Charles-bébé sera tellement heureux là-bas. Comme nous allons être bien, juste tous les deux, sans personne pour nous gâcher nos moments.

Charles relut les quelques pages couvertes de l'écriture fine et élégante de sa mère, se demandant s'il comprenait vraiment ce qu'il découvrait. Une sorte de boule inconfortable se forma dans sa gorge et il tourna les pages fébrilement, cherchant le mois de juillet 1975. Elle n'avait écrit que quelques lignes :

Cette Nicole est d'un gourde, c'est un vrai calvaire. En plus elle est moche. Je ne suis pas convaincue du tout qu'elle aime mon Bébé, du moins ne l'aime-t-elle pas comme elle devrait. Quelle horreur que ce déjeuner dominical, mais je n'ai pas oublié les anciennes ficelles et je pense avoir permis à Charles-bébé de se faire une opinion sur cette fille.

Une terrible nausée le secoua et il se demanda s'il aurait le courage de lire les pages consacrées à cette journée de mars 1977 où le cabriolet de Nicole s'était écrasé comme un jouet contre le flanc d'un camion. Mais lorsqu'on veut jouir du privilège de l'inconscience, il faut se contraindre à ne rien savoir du tout. Il avait passé ce stade et il était décidément trop tard pour lui.

Elle le mène par la queue, c'est évident, et si c'est une tactique que je connais bien pour l'avoir utilisée, c'est également le seul avantage qu'elle ait sur moi. Son gosse m'insupporte. Il est aussi mal élevé et moche que sa mère. Elle a beau essayer de me convaincre d'une ressemblance avec mon Charles, celle-là non plus, on ne me la fait pas. Charles aime son fils, enfin si c'est le sien. C'est naturel, mon adorable Bébé me ressemble et je l'ai toujours aimé comme une folle. Le protéger de sa gentillesse, de sa naïveté, de sa candeur même devient difficile.

Les lignes reprenaient ensuite, dans une autre couleur d'encre :

Je l'ai entendue seriner à Charles qu'ils devaient déménager, qu'elle voulait encore pondre un autre de ces effroyables rejetons. Et mon pauvre chéri qui n'y voit que du feu ! Les hommes ont toujours tendance à tant dissocier l'amour et le sexe qu'ils finissent par les confondre. C'est leur plus grande faiblesse et l'une de nos meilleures armes. Et pourtant, mon ventre a essuyé tant d'autres ventres que je n'en garde aucun souvenir. Et pourtant, je n'ai aimé que Charles-bébé. Elle et son ventre ne me le prendront pas, jamais. Personne ne me le prendra. Ce ne devrait pas être trop compliqué avec la pharmacie de Charles-bébé.

Il sembla à Charles que ce n'était plus tout à fait lui qui tournait les pages jusqu'à la dernière date, quelques jours avant la paralysie de sa mère :

Il faudra que je détruise bientôt ce carnet. J'aurais déjà dû le faire. Mais je ne parviens pas à m'y résoudre parce qu'il est si plein de Charles-bébé que feuilleter ses pages ou caresser sa reliure râpée me bouleverse toujours. C'est comme si toute ma vie était concentrée dans ces traces d'encre.

Mon Dieu, je vous remercie. J'ai été une femme absolument heureuse. J'ai passé ma vie auprès de mon seul amour et il sera à mes côtés lorsque je mourrai. Tous ses soupirs, tous ses sommeils, tous ses rires, tout cet amour sans fin qui est sorti de moi sans que je sache jamais comment sera mon absolution, la seule qui me tente. Rien ne m'a jamais fait peur, rien ne m'a fait reculer lorsque c'était pour lui. Aucune force, aucun lieu de terreur, ne m'empêchera de veiller sur lui, pour toujours.

LE BOIS AUX HYÈNES

Le crépuscule s'installait, lentement, comme retenu encore par la cime en flamme des grands cèdres.

L'enfant avait attendu presque une heure l'arrivée de la calèche, sous un soleil de plomb mais si humide qu'il semblait presque ruisseler. C'était la première fois qu'il voyageait seul, et cette aventure ne l'avait pas amusé. Inquiet, il avait vérifié deux fois le nom de la gare sur le panneau de bois blanc, puis, se disant qu'il avait peut-être mal lu, était entré dans la salle d'attente pour se renseigner auprès des femmes assises par terre.

Elles avaient ri gentiment de sa peur en soulevant leurs robes lourdes de leurs genoux croisés. La plus âgée avait tendu vers lui une main ébène alourdie de bracelets et de bagues qui tintaient. La chair, sous ses ongles, paraissait presque violine, comme celle de Cé que Simone, la mère de l'enfant, appelait parfois Fleur.

— Assieds-toi avec nous, mon fils. Qu'est-ce que tu fais dehors ? Tes cheveux blancs vont noircir.

Le petit garçon s'était approché, rassuré par leurs rires, et la femme âgée avait caressé les cheveux fins, si blonds que le soleil leur donnait des reflets argent. Il avait les cheveux de sa mère, une Alsacienne, rose comme l'hiver et pâle comme la neige.

— J'attends mon père. Il doit venir me chercher, il devrait déjà être là.

— Et qui c'est ton père ?

— C'est M. Hugues Cornu et moi, je suis Maxime Cornu, son fils, répondit-il, se redressant soudain de l'importance de ce nom qui, lorsqu'il le prononçait, lui rappelait la silhouette lourde et haute de cet homme sombre.

La légende prétendait qu'il avait gagné son premier lopin de terre en se battant à mains nues contre un taureau, quelque part en Espagne, dans une de ces villes blanches et muettes où l'on ne respecte vraiment que les paris de sang.

L'enfant savait que ce nom était comme une formule magique dans leur province, aussi avait-il été choqué qu'il ne provoquât aucune réaction dans son pensionnat de Grand Bassam, la ville qui abritait le palais du gouverneur et qui par endroits semblait vouloir se fondre dans l'océan. C'était une des raisons pour lesquelles il n'aimait pas le pensionnat. Il n'y était plus que le fils cadet d'un planteur fortuné de bananes et de café, un autre, pas « le petit de Cornu ». Il régnait dans les couloirs de la pension une bizarre odeur de ragoût de patates au mouton et d'aisselles mal frottées et un de ces silences peureux qui cache mal la banalité des petits secrets qui s'y échangent.

L'enfant secoua la tête. Il ne voulait plus songer au pensionnat de Grand Bassam, à l'exaspérant ennui que cette triste et arrogante bâtisse semblait sécréter jusque dans ses moindres recoins. Il ne voulait que penser à sa mère, à Cé et à la plantation.

Maxime se souvenait précisément de cet après-midi, deux ans plus tôt, où il s'était perdu à Abidjan qui, à cette époque, n'était encore qu'une ville de lagune. Il suivait sa mère lors de son excursion mensuelle « Aux galeries de France ». Une femme rousse avait fasciné l'enfant, parce qu'il ne savait pas qu'une femme peut avoir les cheveux orange d'un renard. L'odeur de son parfum l'avait enivré, comme un bol de lait à la vanille. Elle portait, nouée autour du cou, une écharpe en plumes ivoire. Il avait appris ensuite, longtemps après, que ce bizarre ornement s'appelait un « boa ». Il avait aussitôt abandonné la contemplation ennuyeuse de sa mère, qui essayait depuis une heure des bottines à boutons, pour suivre la femme qui riait toute seule. Elle portait une robe étrange qui lui descendait le long du corps, fluide et précise comme une enveloppe d'eau, pour s'arrêter au milieu du mollet. L'enfant, ému, avait alors compris que les femmes ont des jambes comme les hommes, plus fines même que celles des hommes, alors que les lourdes jupes de sa mère et de Cé lui avaient laissé croire jusque-là que leur anatomie devait être bien différente.

Fasciné par l'odeur de vanille, Maxime avait suivi ce chemin parfumé pour sortir du magasin et emboîter le pas à la femme aux cheveux de renard. Il avait marché derrière elle, traversant les rues, obliquant parfois et s'étonnant que nul ne la saluât, puisqu'elle portait un petit chapeau cloche qui lui descendait jusqu'à la nuque. La feutrine gris pâle était ornée d'une très jolie plume anthracite dont Maxime décida, sans trop savoir pourquoi — peut-être parce que le nom lui plaisait — qu'il s'agissait d'une plume de faisan. La femme aux cheveux de renard était arrivée devant une belle maison blanche, avait gravi les trois marches et sonné à la lourde porte d'entrée dont la grille en fer forgé était entrouverte. Une femme, dont il avait entr'aperçu les épaules et les cuisses nues, avait ouvert et s'était exclamée :

— Qui c'est, ce gosse, derrière toi ?

L'autre femme, celle qu'il avait suivie, s'était alors retournée pour le dévisager, surprise.

— Mais qu'est-ce que tu fais là, mon chou ?

Il était si bouleversé par ce gentil petit nom qu'il n'arrivait pas à répondre.

La femme au chapeau cloche et au boa avait redescendu les marches pour se pencher vers lui, le noyant de sa vanille.

— Comment tu t'appelles, mon chéri ? Où est ta maman ?

— Ma maman est au magasin, madame.

La femme avait souri et l'enfant s'était aperçu que sa bouche n'avait pas naturellement cette couleur parme, puisque l'intérieur de sa lèvre inférieure était rose, mais qu'elle était recouverte d'une peinture. Il n'avait jamais vu cela, ni sa mère ni Cé ne recouvraient leurs lèvres de cette sorte de vernis et il se demanda si la femme pourrait l'enlever un jour sans s'arracher la peau. Il eut envie de lui poser la question mais se ravisa parce qu'il n'était pas sûr qu'il s'agisse d'une question tout à fait polie.

— Qu'il est trognon ! Mais comment tu t'appelles ? Tu sais ton nom, mon petit chou ?

— Je m'appelle Maxime Cornu, madame.

La femme s'était redressée pour lancer à l'autre, maintenant cachée dans l'entrebâillement de la porte :

— Mince, c'est le petit d'Hugues ! Mais qu'est-ce qu'il fait là ? (Puis se tournant vers l'enfant :) Ton père n'est pas ici, tu sais.

Maxime n'avait pas compris. Il savait bien que son père n'était pas là, puisqu'il était venu avec sa mère.

— Louise, je vais rentrer avec le gosse, habillez-vous un peu !

Elle avait pris Maxime par la main et il avait nettement entendu le bruit d'une cavalcade en gravissant les trois marches.

Il n'avait pas peur, ces dames avaient l'air gentilles et elles connaissaient son père. Il avait pénétré à la suite de la femme-renard dans un immense hall dont la pénombre fraîche était striée géométriquement par la lumière en lamelles qui s'infiltrait au travers des persiennes baissées. Un grand plat de pâte de verre dans lequel baignaient des jacinthes d'eau était posé sur un large guéridon en acajou. Un escalier de pierres blanches, moquetté de bleu roi, montait à l'étage, vers les bruits et les échos de course. Il sembla à Maxime qu'il s'agissait du plus grand escalier qu'il ait jamais vu.

La femme s'était penchée vers lui et son boa ivoire lui avait effleuré le front. Elle lui avait tendu un verre d'oseille et de menthe concassées :

— Tu n'as pas faim, n'est-ce pas, mon chou ?

Mais non, il n'avait pas faim, il avait petit-déjeuné deux heures avant.

— Non, madame, merci.

Elle l'avait embrassé en riant :

— Tu es déjà un gentleman.

Maxime s'était soudain inquiété. Sa mère devait avoir fini d'essayer ses bottines et elle le cherchait sûrement.

— Il faudrait que je retourne au magasin, madame, maman doit s'inquiéter.

— Je te ramène où tu veux, mon chéri, au magasin ou à la plantation. Et puis, tu sais, je ne veux pas te faire de reproche mais tu ne dois pas suivre les femmes comme cela. Ta maman doit être complètement affolée, tu dois rester avec elle.

— Oui, madame, je vous prie de m'excuser. Je ne recommencerai pas.

Elle avait serré le petit garçon contre elle et il avait eu l'impression que la vanille lui dégoulinait dans la gorge. Elle avait pris sa main et ils étaient ressortis dans la fournaise. Elle riait, aussi Maxime pensa-t-il que sa bêtise n'était pas trop grave.

Ils avaient refait le chemin en sens inverse pour pénétrer à nouveau « Aux galeries de France ».

Dès que l'on avait aperçu Maxime au rayon des sacs à main, situé au rez-de-chaussée et proche de l'entrée principale, un homme en costume bleu marine s'était précipité au-devant d'eux. Il avait le visage luisant.

— Oh, mais enfin ! Madame Cornu est dans un état ! Et qu'avez-vous fait avec cet enfant ?

La femme-renard avait fixé l'homme, sans

comprendre, mais Maxime avait senti qu'il n'était pas gentil, de surcroît, il n'était pas poli avec la femme, alors qu'elle sentait si bon la vanille et qu'elle portait un chapeau cloche. M. Cornu, son père, disait toujours qu'une femme en cheveux n'était pas une femme comme il faut.

Le sanglot froissé de la moire d'une jupe l'avait averti que sa mère approchait. Il s'était retourné et la marque des larmes qui avaient tracé des petites rides presque jaunes sur la peau si pâle de ses joues lui avait déchiré le cœur. Pour la première fois depuis le début de son aventure, il avait été triste :

— Je ne le referai plus, maman, je vous le promets.

Sa mère s'était agenouillée devant lui, dans le froissement rafraîchissant des plis de sa robe et l'avait serré à l'étouffer.

— Mon chéri, j'ai cru que j'allais mourir ! J'ai eu si peur lorsque je ne t'ai plus vu, avec ces odieux crocodiles qui infestent les lagunes. Mais qu'est-ce qui t'a pris ?

Maxime aurait été capable de répondre à cette question : il avait suivi un bol de lait à la vanille, une femme qui lui faisait penser au petit renard si malin de son livre d'images, et une étrange écharpe faite de plumes, comme il n'en avait jamais vu et qui ressemblait un peu à ces flocons de neige en guirlande dont maman lui parlait souvent, avec une nuance de regret dans la voix. Mais il avait eu l'étrange conviction que cette réponse inquiéterait encore davantage maman, aussi avait-il simplement avoué :

— Je ne sais pas, maman. La dame m'a ramené.

Sa mère s'était relevée lentement, baissant les paupières pour les rouvrir aussitôt en souriant.

— Merci, infiniment, madame. J'ai eu une telle peur, je vous suis vraiment très reconnaissante. Cet enfant est un rêveur.

Maxime et la femme-renard avaient échangé un petit sourire de connivence : ils ne diraient pas qu'il l'avait suivie.

Des années plus tard, alors que Maxime serait devenu un jeune homme raisonnable et presque sans rêve, la femme-renard le ferait appeler, sans trop savoir pourquoi, peut-être parce qu'il était le seul homme dont elle gardât un souvenir charmant et parfait. Elle allait mourir, et la seule chose que Maxime pourrait faire serait de lui tenir la main pour l'accompagner dans cette si longue nuit qui devait être la dernière. Ils parleraient, en se saoulant avec du champagne de Reims, des menaces de guerre mondiale qui arrivaient sporadiquement de France. Il retrouverait pour cette inconnue si familière des souvenirs dont il s'étonnerait lui-même. Il évoquerait sa mère et puis Cé, morte un an avant. Il lui décrirait les yeux sombres, comme un pli de velours, de cette femme étrange, magicienne sans doute. Il évoquerait son silence rieur, ses courses pieds nus sur les hauts plateaux du Mali, lorsqu'elle chassait les margouillats avec ses frères. Il ferait sourire la femme-renard, enfin grimacer joyeusement plutôt car elle avait si mal, en lui contant les poursuites dans la grande maison plate, lorsque Cé tentait de le rattraper pour le punir parce qu'il avait fait une bêtise et que sa mère criait : « Maxime, obéis à Cé ! sans quoi je vais me fâcher ! » Il lui raconterait la mort étrange de son père, presque vingt ans plus tôt. Cet homme si fort et si terrible que des hyènes avaient déchiqueté, ainsi que sa jument. Il se surprendrait à avouer à cette amie inconnue que sa mère s'était remise sans heurt du deuil de son père mais que rien ne semblait la consoler de celui de Cé, qui pendant vingt ans avait dirigé la plantation et veillé sur leurs vies. Et puis, ils en viendraient à se raconter des choses très drôles, ou terribles, comme cette fois, bien des années auparavant, où son père était venu le chercher à la gare en calèche parce qu'il rentrait du pensionnat de Grand Bassam pour passer les deux mois de vacances scolaires chez lui.

Maxime avait détesté cette année passée dans cette pension française très en vogue dans la ville du gouverneur, et ce n'étaient pas les rares lignes que dictait son père à la fin des lettres que lui écrivait sa mère qui le feraient changer d'avis.

Car son père ne savait ni lire ni écrire, c'est sans doute pour cela qu'il tenait tant à l'éducation de ses deux fils. Son frère aîné, dénommé Hugues, comme son père, était en France, au collège de Clermont-Ferrand et habitait chez une sœur célibataire de son père. Maxime n'aimait pas particulièrement son frère. Ils avaient presque dix ans de différence et la brutalité du jeune homme, son obstination et son arrogance avaient toujours terrorisé le petit garçon. Du reste, Maxime ne se sentait bien qu'avec sa mère et Cé. A 7 ans, il était déjà suffisamment fin pour comprendre que sa présence et sa fragilité exaspéraient son père, qui avait même une fois grondé sa mère, lui reprochant de faire de son cadet une fille. Cinglante pour la première fois, elle avait rétorqué :

— Vous mettez un tel mépris dans ce mot que vous devenez grossier pour moi, mon ami !

Son père avait sellé son cheval et on ne l'avait pas revu durant trois jours.

Maxime devait apprendre, plus tard, lors de cette longue nuit durant laquelle il allégerait l'agonie d'une très vieille amie qu'il n'avait vue qu'une fois, que son père avait passé ces nuits au bordel français d'Abidjan. Et la femme mourante au parfum de lait à la vanille s'étonnerait de ce que sa mère, une dame si réservée de la petite bourgeoisie de Strasbourg, ait épousé cet homme dur et sombre, qui certes n'avait jamais levé la main sur une fille, mais seulement parce qu'il jugeait que c'était indigne de sa force.

Après le départ de son père ce soir-là, sa mère n'avait pas pleuré, comme il l'avait craint. Elle avait même souri. Elle l'avait embrassé à perdre haleine puis avait éclaté de rire. Cé était entrée alors, riant sans un son et les avait emmenés dans le patio de la vaste maison. Là, ils avaient tous les trois mangé des bananes, celles de la plantation. Cé était accroupie et brossait la peau des fruits dans une cuvette d'eau savonneuse avant de les essuyer dans ses jupes et de les leur tendre. Sa mère la contemplait en souriant :

— Mais, Fleur, pourquoi fais-tu cela ? nous venons de les cueillir !

Simone appelait parfois Cé « Fleur », mais jamais devant son mari qui l'eût mal pris.

— On ne sait jamais. Il y a des rats qui se promènent sur les bananes. Je ne veux pas que le petit attrape mal à cause de ces galeux.

— Mais, ma chère, les rats n'ont pas pu se promener dessus puisqu'on vient de nous les cueillir de l'arbre ! Et en plus, il ne mange pas la peau.

— On ne sait jamais, je te dis, Simone. Il est fragile comme toi, ce petit. Moi je surveille. Rien ne rentrera dans cette maison si je ne l'ai pas lavé avant, c'est tout. Qu'il lui arrive quelque chose, mon Dieu ! Dieu veille sur le petit et moi je L'aide comme je peux. Tu comprends, Simone ?

Sa mère lui avait caressé le bras et souri avec ce rare sourire qui ne creusait qu'une seule fossette :

— Oui, Fleur.

Et Maxime était allé se nicher entre les genoux de la grande femme mince, confortablement emmêlé dans ses jupes colorées, pendant qu'elle continuait de brosser les bananes. Simone était demeurée assise à les regarder en souriant et leur avait envoyé un baiser du bout de ses doigts.

Maxime attendait toujours, scrutant nerveusement le chemin cahoteux. Enfin, la calèche était apparue au détour d'un tournant, soulevant sous ses roues un voile de fine poussière ocre. L'enfant avait soupiré de soulagement. Il aurait détesté passer encore plusieurs heures dans cette petite gare en lattes de bois, à la nuit tombante, surtout une fois les femmes assises embarquées dans le train qu'elles attendaient en riant. Il avait pensé courir se jeter dans les bras de son père, mais le grand homme sombre avait déjà attrapé les deux valises de l'enfant pour les jeter à l'arrière de la calèche.

Installé sur le siège en cuir vert bronze, Maxime s'apercevait soudain à quel point sa mère et Cé lui avaient manqué. Il ne voulait pas retourner à Grand Bassam à la fin des vacances, il n'aimait pas cet endroit. Et puis, on se moquait de lui parce qu'il était mauvais en sport. Pourtant, il avait raconté durant quelques minutes des prouesses sportives imaginaires à son père, sentant que cela lui faisait plaisir. Puis le silence s'était installé entre eux. La chose ne l'avait pas étonné : ils n'avaient rien à se dire. Mais Maxime avait anticipé en souriant la curiosité insatiable de sa mère et de Cé. Elles voudraient tout savoir : ce qu'il avait mangé, si le lit était confortable, s'il s'était fait des amis, ce qu'il avait appris, s'il avait été épargné par ce rhume dont elles avaient entendu parler par des amis, s'il avait pensé à elles et combien de fois et quand. Il s'était délecté à l'avance des histoires qu'il avait emmagasinées pour elles. Tassé dans son coin de banquette, il les imaginait s'affolant depuis deux jours au moins, pour lui préparer ce qu'il préférait, un clafoutis, un poulet bicyclette sans trop de piments grillés ou un poulet Gombo avec un tajine de semoule de manioc, pas de viande rouge parce que la vue du sang le dégoûtait. Elles avaient sûrement été jusqu'à Abidjan, pour commander des soles parce qu'il les adorait, mais il fallait les retenir bien longtemps à l'avance. Ou alors, elles auraient pris du capitaine si elles n'avaient pas trouvé de soles. Les pêcheurs devaient sauter la Barre et tous redoutaient ce rouleau d'eau de mer mauvais qui semblait parfois s'acharner avec une hargne presque volontaire contre les frêles embarcations qui le narguaient.

Une tendresse infinie lui avait fait monter les larmes aux yeux parce qu'il savait qu'elles s'étaient sûrement disputées sur la quantité de sucre à ajouter au clafoutis pour qu'il soit parfait et sur la couleur des draps de lin qu'il préférerait dans son lit. Il revivait, le cœur basculé d'amour, leurs éternelles chamailleries qui se terminaient toujours par :

— Enfin, Cé, ma chère, c'est quand même mon fils, je l'ai porté, je sais ce qu'il préfère !

— Peut-être, Simone, mais c'est moi qui l'ai élevé, le petit, donc je sais mieux que toi ! Du reste, s'il n'y avait eu que toi, il serait mal élevé comme tout, parce que tu lui passes tout. Quant à *lui*, n'en parlons pas, tout ce qu'il connaît c'est le fouet.

Cé disait toujours « lui » pour parler de son père. Hugues Cornu n'aimait pas cette femme, étrangement autoritaire. Il savait que les femmes ivoiriennes s'occupent de tous les enfants comme si c'étaient les leurs. La seule raison pour laquelle il supportait encore la présence de Cé, en dépit du fait qu'elle ne pliait pas devant lui, venait de la conviction qu'elle se ferait tuer pour défendre ses fils et que rien ne la ferait reculer, ni homme ni bête. Cé n'avait peur que de Dieu et certainement pas d'Hugues

Cornu, ni même de ces petits serpents mortels qui logeaient parfois dans les bananiers et dont elle faisait exploser la tête à coups de gourdin en crachant entre ses dents serrées des injures dans sa langue, parce qu'il ne fallait pas que le petit apprenne de vilains mots en français. Si la résistance de cette femme exaspérait Hugues Cornu, elle le rassurait aussi. Et puis, peut-être Cornu savait-il au fond de lui que sa femme, si belle, si pâle et si timide, lui tiendrait tête pour la première fois, s'il tentait de se défaire de Cé. La passion qu'il avait de cette Simone, il avait décidé de la digérer seul, espérant, redoutant aussi, que cette faiblesse finisse par s'éteindre un jour. Elle l'avait épousé parce qu'il était riche et se proposait de renflouer son père, petit commerçant malhabile au bord de la faillite. Elle s'était vendue et avait honorablement rempli sa part du marché. Qu'il en soit tombé amoureux fou était une autre histoire qui la concernait à peine. Et lorsque les bourrasques de cette passion qu'elle n'aurait pas comprise le prenaient à la gorge, il partait au bordel d'Abidjan.

La calèche avait dépassé les fourrés d'acacias. Maxime s'émerveillait toujours de l'économie étrange de ces arbres dont une moitié se desséchait pendant que l'autre explosait de renouveau. Ces moitiés de squelettes lui semblaient d'une grande sagesse : ainsi l'arbre était-il assuré de conserver au moins une partie de son feuillage. Du reste, tous les arbres du pays s'étaient passé cette recette. Cette parcimonie dans la mort saisonnière lui paraissait beaucoup plus judicieuse que la regrettable habitude prise par les platanes de France dont maman lui parlait parfois, et qui eux abandonnaient toutes leurs feuilles en même temps une fois l'automne venu. Après tout, qui leur disait qu'ils allaient les retrouver au printemps suivant ?

Ils pénétrèrent au trot paresseux de la jument dans la longue forêt de cèdres qui les séparait de la plantation. Maxime avait humé comme un fou cette odeur enivrante qui était chez lui. La nuit se faisait dense et il avait hâte de courir vers la brune ou la blonde qui devaient surveiller les fenêtres en jacassant à perdre haleine, s'interrogeant sur le costume qu'il porterait, la mine fatiguée qu'il aurait, ses traits tirés parce qu'il n'avait pas été heureux sans elles, la fatigue du long voyage de chemin de fer pour un si jeune enfant. Aurait-il faim, au moins ?

Il s'était souvenu, à ce moment-là, des tranches de cèdre que Cé empilait dans le four extérieur. L'odeur mentholée du feu lui avait piqué la mémoire. Le bois était presque mauve, comme si on l'avait trempé dans du vin, et son essence laissait sur les tranches une espèce de rosée huileuse qui collait aux doigts.

Une hyène avait caqueté derrière un tronc, et le son hargneux et avide l'avait fait frissonner.

Son père avait lâché, calmement :

— C'est le cheval qui les intéresse.

Il avait semblé à Maxime que le fauve se rapprochait d'eux, à moins qu'il y ait eu plusieurs bêtes, et son angoisse avait crû. Il courait des histoires horribles sur ces hyènes, et l'on disait qu'elles ne dédaignaient pas d'attaquer les humains pour peu qu'ils soient affaiblis, ou même les enfants. Un des charognards avait filé sous les jambes du cheval, qui avait rué en hennissant de peur. Et Maxime avait hurlé.

L'enfant tenterait ensuite de recréer ce qui s'était passé, sans vraiment y parvenir. Son père était descendu brusquement de la calèche. Il avait les mâchoires crispées, et à la lumière d'une des lanternes, Maxime avait été humilié par son expression : un mépris absolu.

— Tu es une chiffe molle, comme une femme. Descends !

L'enfant s'était exécuté, affolé. Son père lui avait tendu le fouet et un revolver dont il ne se séparait jamais. Puis il était remonté dans la calèche, avait repris les rênes en lançant à l'enfant :

— Tu rentres à pied, il y a 5 kilomètres. Je prends la jument, tu serais incapable de la défendre. On va voir si tu es mon fils ! Tu as de quoi te défendre !

Maxime, en dépit de ses efforts, ne devait jamais précisément se souvenir de ce qui s'était passé ensuite. Il y avait une terreur, comme jamais il n'aurait cru qu'il soit possible d'avoir peur, le chuintement des hyènes qui se rapprochaient, sa course au milieu des branches basses des cèdres qui le fouettaient, et puis l'idée qu'il allait être mis en pièces et mourir dans une mare de ce sang qui lui faisait si peur. Il avait tiré sur les ombres qui se rapprochaient, et puis le chargeur avait été vide. Une branche l'avait accroché, lui déchirant la jambe. Les hyènes avaient hurlé, saluant ce premier sang dont l'odeur les affamait et les rendait folles. Un des fauves avait débouché devant lui et s'était immobilisé à 5 mètres, les babines retroussées sur ce qui ressemblait à un rire. Maxime s'était accroché de toute sa peur à l'idée que Cé résisterait, se battrait jusqu'au bout. Elle avait toujours dit que les hyènes sont des animaux poltrons et qu'elles n'attaquent jamais ceux qui peuvent se défendre, qu'il suffisait de gueuler plus fort qu'elles. Dépliant le fouet, il s'était avancé vers la bête qui lui semblait énorme et avait fait claquer la longue lanière tressée. Il avait frappé, sans même se rendre compte qu'il sanglotait de terreur. Les fauves avaient reculé, d'abord surpris, puis effrayés, et le courage était venu avec le triomphe.

Lorsqu'il était enfin arrivé à la plantation, ruisselant de larmes et en sang, il avait trouvé sa mère et Cé étrangement calmes. Son père était parti.

Il leur avait conté sa mésaventure en sanglotant, sans penser à parler de Grand Bassam, tant ces menus riens qu'il avait accumulés durant un an pour les distraire lui semblaient maintenant sans importance.

Elles étaient assises, serrées côte à côte sur un canapé jaune doré. Elles étaient demeurées silencieuses, comme si elles avaient déjà épuisé entre elles toute leur réserve de paroles.

Ils avaient dîné en silence et Maxime était allé se coucher, épuisé de peur.

Ses deux mois de vacances s'étaient écoulés étrangement. Une espèce de silence sans agressivité semblait avoir recouvert la maison. Il surprenait parfois des regards lents et sérieux entre Cé et sa mère. Il entendait parfois des éclats de voix étouffés, les phrases courtes et graves de son père et pour la première fois, le sifflement hargneux de sa mère. Passant devant la porte entrouverte du salon, il surprit un soir que son père avait décidé de « s'occuper personnellement de lui, qu'il en crèverait s'il le fallait mais qu'il le dresserait », reprochant à sa mère de le garder dans ses jupes avec la complicité de « cette femme » ! Mais, dans l'ensemble, il vit peu son père, qui semblait avoir élu domicile à Abidjan. Maxime le détestait avec une étrange admiration, peut-être parce qu'il lui avait donné l'opportunité de vaincre les hyènes.

Lorsque Maxime était retourné à Grand Bassam en pleurant, sa mère lui avait promis que c'était la dernière fois qu'ils se séparaient. Le petit garçon s'était alors accroché à la lourde jupe de Cé en sanglotant :

— Tantie, tantie, ne me laisse pas partir !

Elle avait répondu en souriant et en essuyant ses larmes du bout de ses longs doigts fins :

— C'est la dernière fois, petit.

Deux mois plus tard, il avait été convoqué dans le bureau du principal, qui lui avait expliqué avec un luxe de précautions que son père était mort. Il rentrait chez lui. Peut-être le vieux monsieur à barbiche fut-il déçu de la joie du petit garçon. Certes, son père était mort et c'était bien triste, d'autant que Maxime avait cru comprendre au travers des métaphores convenues de cet ancien professeur de latin que sa mort n'avait pas été douce. Mais il rentrait chez lui, il allait encore courir dans les jupes rouge sombre et orange de Cé et elle se chamaillerait pour des riens avec sa mère. Il devrait éventer celle-ci au plein de décembre parce qu'elle ne supporterait jamais la chaleur moite qui coulait comme un fleuve lorsque l'Harmattan déferlait de l'est, amenant avec lui le souffle surchauffé du Sahara.

Le crépuscule semblait être encore retenu par la haute cime des cèdres, dont la flamme montait vers les étoiles. L'odeur enivrante de la forêt rendait à Hugues Cornu toute sa force. Il allait la retrouver. Il ne lui dirait rien. Simone ne saurait jamais à quel point elle le bouleversait lorsqu'elle ramenait vers son chignon une mèche têtue qui s'en échappait. Confortablement collé à la selle de sa jument, il souriait. Les femmes ne doivent jamais connaître le pouvoir qu'elles ont sur les hommes.

Le feulement hargneux et énervé des hyènes tapies derrière les arbres lui parvenait par saccades. Il n'avait pas peur, il n'avait peur de rien, sauf de Simone, mais elle l'ignorait, et son cheval allait au pas. Il mit un instant à comprendre que c'était bien Cé, sortie comme un mirage de derrière les arbres, qui saisissait sa jument par le mors et l'immobilisait. Lorsque Simone lui arracha son fouet, qu'elle abattit le cheval d'une balle et lui tira dans le genou et les deux épaules presque à bout portant, il resta sans un son, tentant vainement de trouver une explication à la douleur qui explosait dans ses membres. Il se dégagea avec peine de sous le cadavre du cheval qui écrasait sa jambe encore valide. Cé éventra le cheval mort et l'odeur tiède et écœurante des viscères libérés provoqua un hurlement presque obscène des hyènes.

Hugues Cornu vit les deux femmes courir vers les arbres, et la dernière chose qu'il entendit fut les roues d'une calèche qui s'éloignait, et le rire des hyènes qui s'approchaient.

AUTOPSIE D'UN PETIT SINGE

Victor s'affala contre le dossier mou du canapé. Il attendit un peu, vaguement inquiet. Une familière pression, douce et tiède contre sa cuisse, lui fit tendre la main, sans même qu'il s'en aperçoive. Sidonie le regarda en clignant lentement des paupières et se laissa tomber contre lui en ronronnant. Elle huma une des grandes taches qui assombrissaient encore le gris anthracite de son pantalon et demeura quelques instants gueule ouverte, tentant d'identifier l'odeur qui s'en dégageait. Le calme magique de la grosse persane gris pâle aux yeux bleus avait toujours rendu Victor perplexe. Son insolente apathie, sa grâce paresseuse signait-elle une souveraine supériorité ou était-elle la preuve d'un manque complet d'intelligence ? Du reste, un diagnostic en la matière avait-il le moindre intérêt ?

Il caressa longuement la tête ronde de la chatte et gratta la gorge chaude en remontant vers le petit menton prognathe jusqu'à ce que le mouvement saccadé des pattes sur la jambe de son pantalon le rassure. Elle n'avait pas eu trop peur, ou bien elle était déjà calmée. Un frisson, délicieux et effrayant, fit se hérisser les cheveux bas de sa nuque lorsque la pointe acérée des griffes antérieures traversa le coton et poinçonna sa peau. La précision anatomique avec laquelle Sidonie savait faire sentir sans faire vraiment souffrir le stupéfiait. Il anticipait, tout en le redoutant, l'instant où le petit félin caractériel s'énerverait et déchirerait sa chair.

Victor avait récupéré Sidonie dans une boulangerie. Il attendait sagement son tour pour acheter un pain au chocolat lorsqu'un jeune homme pâle, aux cheveux collés en mèches trop longues et sales, un SDF peut-être, était entré. Une petite boule de poils presque blancs était lovée dans le creux de sa main :

— On m'a dit que c'était à vous le chat ? Je l'ai trouvé dans un sac-poubelle. Ça miaulait, alors j'ai ouvert.

Ulcérée, la boulangère avait glapi :

— Mais pas du tout, mais c'est un mensonge !

Victor s'était étonné. Il connaissait la grosse chatte de la boulangère : une persane grise qui aurait eu peine à renier cette descendance.

Le jeune homme avait eu l'air désemparé, triste également :

— Ben qu'est-ce que j'en fais ? Je peux pas le garder.

— Mais ça m'est égal, moi ! C'est pas mon chat, je vous dis.

Avant qu'il n'ait réfléchi, Victor s'était entendu dire :

— Donnez-le-moi. Je le prends.

Ce n'est qu'une fois dehors que Victor avait compris toute l'ampleur de son geste. Ses parents n'aimaient pas particulièrement les animaux, surtout lorsqu'il s'agissait de les nourrir. Il avait inventé différentes versions d'une histoire bouleversante à l'issue de laquelle il avait sauvé le pauvre chaton d'une mort affreuse sous le scalpel des vivisecteurs ou plongé dans de la teinture capillaire, ou infecté par une horrible maladie.

La bouche de sa mère s'était tant serrée lorsqu'elle avait découvert la boule de poils pelotonnée sous son blouson, qu'il avait abandonné toute tentative romanesque pour déclarer platement :

— Je l'ai trouvé dans l'escalier.

— Eh bien, tu l'y remets.

— Je voudrais vraiment le garder.

— C'est hors de question. Il n'y a rien de plus malsain qu'un chat et regarde-moi ces poils ! Ils vont s'incruster dans le velours des fauteuils-poufs et macache pour les extraire. Victor, obéis, je te prie.

Victor avait tourné le regard vers son père qui, fidèle à sa politique conjugale, s'était encore davantage enfoncé derrière son journal. Il avait hésité, sachant qu'aucune tendresse, aucune larme n'attendrirait sa mère. Elle avait insisté :

— Allons Victor, dépêche-toi. Nous sommes vendredi, tes gammes.

L'inspiration avait surgi de cette petite valse médiocre qu'il répétait depuis deux semaines :

— Non.

La mâchoire maternelle inférieure était tombée de surprise et le sourcil trop épilé avait grimpé jusqu'au milieu du petit front plat.

— Pardon ?

— Non. Je ne fais plus de gammes, ni d'encyclopédie, ni de géométrie, ni rien. Ou alors, je garde le chat.

Elle avait fondu en larmes, secouant les épaules avec vigueur, hoquetant avec force, pour démontrer, preuves à l'appui, l'ampleur de son chagrin. Elle avait hurlé, geint, prenant le ciel à témoin de son infortune, frappant sa maigre poitrine en levant vers le plafonnier en fausse pâte de verre un visage ruisselant d'eau. Car Victor avait compris qu'il ne s'agissait pas de vraies larmes. Elle pleurait comme d'autres se mouchent. Mais elle avait cédé. Il avait pris conscience de son pouvoir et cette révélation l'avait enchanté. Sidonie avait grandi, protégé par le QI de son maître, toisant avec nonchalance cette terne femelle humaine de toute son élégance, son inutilité et sa grâce.

Sa mère était habituée des scènes, des hurlements et des sanglots dévastateurs, peut-être parce que ses excès vocaux, et ses intarissables larmes qui jaillissaient à la commande lui avaient toujours garanti une implacable victoire contre son mari. Pour être tout à fait honnête, Victor devait avouer qu'il avait lui aussi cédé durant plus de dix ans devant ce qu'il nommait « les dérégulations lacrymales maternelles ». Jusqu'au jour où il avait surpris le reflet de l'osseux visage renvoyé par la grande glace ovale de la commode de sa chambre. La scène était finalement fort belle, comme quelques mesures d'une de ces interminables pièces japonaises dont il avait oublié le nom. Sa mère était assise, bien droite et presque immobile. Il la vit se murmurer une litanie de jérémiades, de doléances, réciter une sorte de nomenclature de toutes les méchancetés et pesteries qu'elle avait subies de la part de tous, de tous les malheurs qu'elle n'avait pas encore affrontés mais qui ne manqueraient sûrement pas de l'atteindre.

D'abord, le visage poudré était lisse. Puis le front se ridait et le menton tremblait. Enfin, les épaules tressautaient et un torrent de larmes laissait des sillons à peine rosés sur la poudre plus claire. Soudain, elle s'était mouchée, levée et avait déposé un petit baiser sur le bout de ses doigts qu'elle s'était envoyé dans un souffle, en se contemplant souriante dans la glace.

C'est sans doute à une version un peu différente de cette scène qu'ils avaient eu affaire, un soir de réveillon chez les Vincent. Victor avait tout juste onze ans. Ses parents étaient terriblement flattés de l'attention que leur prodiguaient les Vincent, parce qu'ils étaient riches et qu'ils ne dédaignaient pas en faire étalage. Cette attention se manifestait par quelques invitations en week-end dans une magnifique propriété de Chatou, invitations accompagnées de repas fins et de vins d'autant plus précieux qu'ils étaient gratuits. Enfin presque, sa mère mettant un point d'honneur à offrir à Madame Vincent un dessus de coussin crocheté pour chaque invitation. Madame Vincent remerciait avec son habituelle gentillesse et montrait inévitablement deux coussins artistement taponnés sur l'un des grands canapés en cuir tabac du salon. Victor avait toujours eu la conviction qu'elle les sortait d'un quelconque fond de placard juste avant leur arrivée et qu'ils y retourneraient dès leur départ. Il s'était également étonné de ce que les Vincent les invitassent toujours seuls.

Les Vincent avaient un fils, Georges, comme son père. Georges avait sept ans de plus que Victor. Georges était d'une inépuisable bêtise, une bêtise acharnée et prétentieuse. En femme avertie, la mère de Victor déclarait le lendemain de chaque invitation : « Je suis sûre qu'elle l'a eu sur le tard. Elle aurait dix ans de plus que ce qu'elle annonce que ça ne m'étonnerait pas. C'est pas à une autre femme qu'on la fait. » La courtoisie, et les recommandations maternelles, exigeaient que l'on fît comme si de rien n'était et que l'on écoutât patiemment les commentaires beaufesques et consternants de Georges. Madame Vincent prenait un air distant dès que son fils ouvrait la bouche, quant à Monsieur Vincent, il claquait la langue, fronçait les sourcils et murmurait : « Dieu qu'il est con, mais comment on a fait ! »

Ce soir-là, la soirée avait commencé de façon assez habituelle. On avait plaisanté, trinqué à la future nouvelle année, fait quelques inévitables commentaires sur le temps qui était bien de saison. Puis Monsieur Vincent avait lancé son coutumier : « Allez, allez, je vais escorter la plus jolie femme de la soirée avec ma femme » qui lui avait valu un honorable quota de gloussements et donné le signal du repas.

Comment la conversation avait-elle trébuché sur Epicure, Victor aurait été bien en peine de s'en souvenir. Peut-être à cause du vin ? Georges avait levé son verre « au patron des jouisseurs » et Victor s'était alarmé de cette trahison. Il avait ouvert la bouche, failli se raviser mais sa mère

l'avait encouragé : « Oui, mon chéri, vas-y. »
Peut-être se serait-il tu s'il avait compris qu'elle
était simplement désireuse de montrer qu'outre
une impressionnante collection de coussins crochetés main, elle était détentrice d'un rejeton à
super-QI. De toute l'inconsciente arrogance de
ses onze ans, il avait en quelques phrases bien
senties rétabli ce qu'il pensait être une vérité
philosophique et historique incontestable. Monsieur Vincent avait conclu cette sortie d'un
« Bon sang, mon gars, je t'échange contre deux
barils du fils de ma femme » qui avait plongé la
mère de Victor dans une extase glorieuse et peu
discrète. Quant à Madame Vincent, Victor l'avait
vue déglutir avec peine pour retenir ses larmes.
Elle ne devait jamais les pardonner et ils ne
furent plus invités à Chatou.

Le même genre de scène s'était reproduit un
certain nombre de fois, parfois avec des conclu-
sions moins définitives. Victor avait fini par
déterminer qu'il existait toujours un poème, si
possible en anglais, un texte latin ou un problème à apprendre la veille d'une invitation. Sa
mère se débrouillait pour faire habilement
dévier la conversation sur Keats ou Byron, sur
ce qu'elle nommait, incapable d'en mémoriser
les noms, *les grands antiques*, ou sur ce prodi-
gieux Einstein. Et le petit super-QI se levait,
déclamait, récitait ou démontrait sous les
regards attendris, agacés ou jaloux. Une fois son
numéro réussi, le petit super-QI pouvait se ras-
seoir et terminer sa glace ou ses profiteroles.

C'est approximativement à cette époque qu'il
s'était attribué clandestinement un surnom : *le*

petit singe. Mais quand il s'était demandé ce que devenait un petit singe lorsqu'il vieillissait, il avait décidé de se murer dans un silence affable mais obstiné en public. C'est sans doute la raison principale qui avait fait basculer sa mère dans une frénésie hurlante qui avait pour objet de le faire plier et qui ne réussit qu'à lui casser les oreilles et les rêves.

Une vague de panique arrêta le mouvement de sa main et la chatte rouvrit les yeux et le fixa de ce magnifique regard liquide et vide : pourrait-il la garder, où qu'il aille ensuite ?

Victor ne savait pas trop ce qu'il convenait de faire maintenant. Se laver, sans doute, mais le pouvait-il ? L'odeur ferrique et fade qui se dégageait de ses vêtements commençait à l'écœurer et il avait dû repousser Sidonie qui tentait de le lécher. Fallait-il prévenir quelqu'un ? Il aurait dû se renseigner. Ecrire une lettre peut-être ? Mais pour quelle raison, et à qui ? Etait-il souhaitable qu'il se justifie ou du moins s'explique ? Sans doute, mais pour expliquer véritablement ce qui venait de se produire, il aurait fallu remonter au tout début, décortiquer l'agencement des choses les unes avec les autres, chercher — pourquoi pas ? — une logique ou du moins un lien de causalité. Bref, pratiquer une autopsie, pour une fois véritable, puisque le terme, dérivé du grec *autopsia*, signifiait « vision de ou par soi-même ». Victor trouvait au demeurant exaspérant qu'il soit employé avec tant d'ambiguïté pour désigner un acte qu'on eût mieux fait d'appeler « nécropsie », peut-être ? Il ne pensait pas en avoir le temps.

Et puis, pour être parfaitement franc, son écriture grêle et mièvre lui avait toujours déplu.

Il se leva et se rendit dans la salle de bains, pour s'y laver au moins les mains. Par la petite fenêtre haute, il aperçut un gros cumulus qui se rétractait et se contractait comme un grand cœur au ralenti. Il crut presque sentir ce pouls puissant remonter de sa gorge vers sa tempe gauche, et une migraine explosa puis s'épanouit dans la moitié de son encéphale. Il connaissait bien cette sensation, d'abord presque agréable parce qu'il avait l'impression de rencontrer son cerveau, de le sentir, puis insupportable jusqu'à la nausée. Sa mère disait toujours d'un ton docte que c'était normal, que « les gens très intelligents ont toujours mal à la tête. C'est à cause de l'influx nerveux qui finit par surchauffer les neurones ». Mais sa mère était si sotte.

Victor ouvrit l'armoire de toilette scellée au-dessus du lavabo et avala des cachets. Il revint s'asseoir à côté de Sidonie qui l'attendait en se nettoyant mollement l'intérieur d'une cuisse.

Quand les choses avaient-elles bifurqué de façon si radicale qu'elles ne pouvaient plus que sécréter ce qui venait de se produire ? Il y avait beaucoup pensé, pas simplement aujourd'hui, mais bien avant. Etait-ce à cause de Clotilde, de cette conversation maladroite qu'il avait surprise, de cette scène il y a quelques années chez les Vincent ? Il n'en était pas certain, pas plus du reste qu'il ne se sentait autorisé à conclure qu'un événement particulier était à l'origine de cette cascade de réactions qui devait aboutir à aujourd'hui, une heure plus tôt. Il était cependant indéniable que ce qu'il avait baptisé « l'affaire Sidonie » avait pesé d'un poids déterminant.

Il avait soif, très soif mais il ne se sentait pas le courage d'aller dans la cuisine. Il aurait dû boire dans la salle de bains, tant pis. Il avait la flemme de se relever. Le regard de Victor s'attarda sur le gros poste de télévision et sur le petit verrou qui lui en avait interdit l'utilisation durant des années. Cette clef l'avait terriblement frustré, agacé, mais maintenant il s'en fichait, mieux, sa familiarité était rassurante. Le poste trônait sur une table en acajou verni dont les pieds fluets donnaient à l'ensemble une silhouette incongrue et très laide. Du reste, tout était très laid ici, mais il ne l'avait compris qu'en allant rendre visite à Clotilde.

Tout était à la fois étriqué et prétentieux : la table ovale en acajou verni protégée d'une épaisse plaque de verre — « c'est du vrai Style » disait sa mère — et les deux fauteuils « poufs » en velours sang-de-bœuf au dossier protégé de macramés crochetés par l'habileté maternelle. Car sa mère savait crocheter, c'était indubitable. Elle en avait amplement fait la démonstration, déclinant jusqu'au surréalisme les deux points qu'elle maîtrisait le mieux. Il n'était pas d'œuf coque qui échappât à son petit bonnet isotherme en reste de coton rose ou bleu, un *egg-caddy* en quelque sorte. Elle terminait ces préservatifs à coquetiers d'un pompon miniature qu'il convenait de tirer pour fracasser ce qui finissait par ressembler à un minuscule crâne chauve. Une de ses bourrasques créatrices s'était concrétisée par la confection d'une sorte de petit chapeau, orné de fleurs et d'un rebord à godets, dans lequel on dissimulait le rouleau de papier hygiénique que l'on emmenait en voyage. Victor avait bien senti qu'il commettait un impair le jour où il avait remarqué que cette création était superflue puisque tout le monde savait ce que cachait le petit chapeau qui trônait sur la plage arrière de la voiture.

Le regard de Victor remonta vers les appliques godiches en forme de fleur de lys. Sa mère précisait toujours « avec des tulipes en lys » et cette association botanique exaspérait Victor. Une moue de dégoût lui vint lorsque son champ de vision croisa les larges embrases pédantes des doubles rideaux. La porte-fenêtre écrasée ressemblait presque à un judas, tolérant avec parcimonie un coin de ciel. Victor fit un effort pour se concentrer sur lui-même.

Il s'était rendu compte assez rapidement qu'il n'était pas comme les autres. Ce que ses parents — car, aussi falot qu'il ait été, son père faisait maintenant sa véritable entrée en scène — avaient baptisé « son-incontestable-supériorité » l'avait d'abord bouleversé et effrayé. Cette rapidité intellectuelle, cette mémoire vorace comme une éponge l'avaient progressivement séparé de tous ses camarades qu'il agaçait et intimidait à la fois. Si, tout d'abord, ses instituteurs avaient été attirés par cette intelligence, nombre d'entre eux avaient fini par ne plus pouvoir le supporter parce qu'il intervenait sans cesse en posant des questions inopportunes et « hors sujet ». C'est du reste à cette occasion que Victor avait compris qu'une question n'est jamais aussi *hors sujet* que lorsqu'on ignore la réponse, surtout quand cette ignorance a pour témoin trente paires d'yeux sans concession. Il avait donc opté pour une retraite prudente dans sa tête et au fond de la classe, prudente mais somme toute reposante. Cette différence qu'il avait d'abord considérée comme une punition finissait par devenir un magnifique outil de paresse. Il convient de préciser que la paresse de Victor n'avait rien de vide ou d'inutile, du moins selon lui. C'était comme un grand navire qui le portait mollement sur des rêves sans fin, des aventures échevelées qu'il visionnait dans son cerveau, souriant et avachi devant sa table.

Cette année-là, c'était au mois de mai, le coude pointu de quelqu'un lui avait cogné le flanc et une main maigre avait poussé devant lui un petit bout de papier quadrillé plié en quatre. Lorsqu'il l'avait ouvert, Victor avait été choqué par le message : FERME LA BOUCHE, T'AS L'AIR D'UN VRAI CON COMME ÇA.

Il s'était retourné, offusqué et avait découvert Clotilde, assise à côté de lui. La chose l'avait assez surpris puisque plus personne ne s'installait à côté de lui depuis des années. En plus, il n'avait même pas senti sa présence.

L'insistance avec laquelle Clotilde s'était imposée dans son univers l'avait d'abord agacé, d'autant qu'elle lui avait avoué en éclatant de rire qu'elle le trouvait « un brin pimbêche et chichi-pompon ». En plus, elle avait deux ans de plus que lui. Elle chuchotait sans cesse, gloussait sans qu'il comprît pourquoi, et le comblait de petits cadeaux : un ourson en guimauve, mou d'avoir séjourné dans sa paume depuis la boulangerie, un CD de musique — « de hurleurs » comme disait sa mère — qu'il jetait une fois sorti du lycée, parfois même des magazines vidéo ou informatiques. L'obstination rieuse de Clotilde lui avait d'abord valu une modeste place dans la vie de Victor, qu'il lui avait concédée plus par lassitude que par réelle envie. Ce strapontin sentimental valant quelques récompenses, Victor avait toléré que Clotilde puisât son inspiration en copiant ses devoirs. D'une infâmante avant-dernière place, Clotilde s'était hissée jusqu'à une convenable moyenne. C'est ainsi que Victor avait été invité à déjeuner chez la mère de sa copine. Il avait insisté pour un déjeuner, puisque sa mère travaillait et qu'elle n'aurait jamais toléré qu'il aille dîner chez quelqu'un sans elle. Lorsqu'elle avait ouvert la porte, Victor avait été suffoqué par la beauté de la mère de Clotilde. Elle avait de grands yeux bridés vers les tempes, des yeux qui vous transportaient sur l'instant en Asie, mais des yeux d'un bleu magique. Elle avait ramassé ses longs cheveux blond-roux en un vague chignon et une grosse épingle en bois sombre les disciplinait à peine. Elle était vêtue d'une grande chemise d'homme d'un bleu tendre qui soulignait un long cou pâle et d'un pantalon noir et ample. Comble de l'excentricité, elle marchait pieds nus et il gloussa en songeant à l'effet qu'auraient eu sur elle les mules matelassées à petits talons de sa mère. Victor avait constaté avec stupeur que Clotilde appelait sa mère par son prénom, Léonora, aussi avait-il abandonné, dès qu'elle le lui avait demandé, le *madame*.

Ils s'étaient assis par terre autour d'une table basse dont le panneau de chêne était fendu sur toute la longueur. Cette blessure irrégulière qui striait le bois nu, poli de cire et d'usage, avait attendri Victor. Un peu gauche, il avait demandé :

— C'est du style ?

Léonora, et c'était sans doute le plus beau prénom de la terre, avait ri doucement, la tête inclinée vers son épaule et répondu :

— Sans doute pas, ou alors il est bien confus. Je l'ai achetée dans une brocante aux environs de Montpellier. (Elle avait paru hésiter un instant, puis achevé dans un murmure :) Nous habitions Montpellier avant...

Elle se tenait le dos contre le canapé, une sorte de longue banquette recouverte de tissus indiens mordorés. Victor l'avait contemplée tout le repas, charmé par les quelques taches de rousseur qu'il avait découvertes sur le haut de ses pommettes, souriant de ses phrases qu'elle ne terminait presque jamais. Léonora se moquait d'elle-même en haussant lentement les épaules. Elle sautait du coq à l'âne, parlait de tout et de rien avec la même vitalité, le même engouement. Clotilde lui répondait comme on sourit, avec une connivence et une sorte de tendresse maternelle qui avaient étonné Victor. Et durant ce repas de pâtes à la sauce tomate et de biscottes un peu molles, Victor avait appris que, lorsqu'elles cessent d'être raisonnables et adéquates, les choses peuvent devenir très drôles et même enivrantes.

De retour au lycée, l'après-midi avait passé dans un surprenant brouillard très doux et complice. Le soir, il était rentré précipitamment chez lui après les cours pour jeter dans le vide-ordures l'escalope-de-dinde-petits-pois-yaourt du mardi. Sa mère était rentrée une heure plus tard et avait, comme tous les mardis soir, ouvert l'encyclopédie en douze volumes qu'elle lui avait offerte pour son quatrième anniversaire. C'est ainsi que Victor s'était rendu compte qu'il jouissait d'une autre faculté. Il parvenait à retenir les trois pages habituelles sans en comprendre un traître mot, en focalisant toute sa concentration sur le seul souvenir qui lui importât : le déjeuner. Le film de son souvenir avait défilé un nombre incalculable de fois. Au fur et à mesure des répétitions, sa mémoire avait fini par ne conserver que les gestes, les odeurs, les sons de Léonora, transformant Clotilde en une vague silhouette.

Clotilde, parce qu'elle était si indissociable de Léonora, avait su grignoter ses dernières réticences et s'imposer comme une nécessité. A l'époque, il n'avait toujours pas parlé d'elle et encore moins de Léonora à ses parents. Il se demandait aujourd'hui si ce silence avait été pudique ou méfiant.

Il s'était retenu quelques jours de questionner Clotilde au sujet de Léonora, puis n'y tenant plus, était parvenu à trouver une formulation assez vague et banale pour n'être pas suspecte :

— Elle est sympa, ta mère.

Clotilde l'avait regardé et un gentil sourire avait remplacé le petit rictus tendu de dure qu'elle adoptait en général :

— Ouais, super-sympa. C'est quelqu'un de génial. Et puis, elle va bien en ce moment.

Victor avait affiché un désintérêt poli et posé la question qui lui brûlait les lèvres :

— Elle a été malade ?

Il l'avait sentie se raidir comme si elle se tassait sur elle-même :

— Ça va mieux, je te dis.

Et Victor avait remis à plus tard les innombrables questions qu'il ressassait depuis trois jours.

Victor avait été à nouveau invité chez Léonora. Il lui paraissait de plus en plus inacceptable de devoir toujours partir de chez les deux femmes, une fois le déjeuner terminé. En toute logique, il ne comprenait pas l'utilité de rentrer chez ses parents. Il avait réfléchi, trouvant des solutions à chaque problème. Léonora aimerait Sidonie puisqu'elle aimait les animaux, il pourrait ainsi aider plus efficacement Clotilde, ce n'était pas une portion supplémentaire de riz ou de pâtes qui alourdirait le budget de la famille puisqu'il semblait que mère et fille ne se nourrissaient de presque rien d'autre et dans un peu moins de deux ans, il pourrait trouver un petit job pour les aider. Mais pour Victor ce nécessaire déménagement représentait l'unique solution viable. Il s'agissait en quelque sorte de s'accorder une dimension supplémentaire. En effet, il avait passé les quinze premières années de sa vie dans une monotonie si géométriquement plate que seul un plan à deux dimensions pouvait la supporter. Il se proposait de retrouver la pleine possession de sa troisième dimension : l'épaisseur et peut-être même cette élusive quatrième dimension qu'il définissait, quant à lui, par un état de lumière et par voie de conséquence de silence. En réalité, Victor n'aimait pas tant le silence que l'absence de bruits superflus et criards. Le bruit, par exemple, que produisait sa mère lorsqu'elle parlait, ou plutôt enchaînait des mots bruyants les uns derrière les autres, puisqu'elle n'avait, semblait-il, pas encore compris que le langage n'est pas seulement un meuble, mais un vecteur et un prolongement de la pensée. Ainsi, Léonora parlait et dans une moindre mesure, Clotilde. Même Sidonie savait parfois parler, sans mot. Certes, dans le cas du petit félin paresseux, il s'agissait de sons primaires mais que leur codification pouvait permettre d'associer à une forme embryonnaire de langage. C'était du moins la conclusion à laquelle en était arrivé Victor.

Il avait réfléchi à son projet durant des semaines, peut-être même des mois, pour aboutir à une incontournable étape : familiariser ses parents avec Clotilde, puis doucement amener Léonora. Il avait donc commencé par touches brèves, infimes anecdotes scolaires, parsemées de quelques « Clotilde m'a dit que... », ou « Clotilde a vu le film et... » qui n'avaient pas provoqué de grandes émotions maternelles. Quant à son père, il fixait le pli des lèvres de sa femme pour savoir l'attitude qu'il convenait d'adopter. Encouragé par cette absence d'opposition, il avait avancé de la sorte, à menus riens, vers son état de lumière pour lequel il éprouvait maintenant une véritable fringale. Etait arrivé le grand jour : l'estocade du petit singe. La fringale justifiant selon lui cette basse perfidie, il avait attaqué sa mère à son point faible, un samedi matin :

— Mais tu sais bien, maman, Clotilde ! Je t'en ai parlé. Sa mère est désespérée par ses résultats scolaires. Alors bien sûr, elle est très reconnaissante que je l'aide.

Une lueur méfiante avait succédé à l'éclair victorieux qui avait brillé dans le regard maternel :

— Oui, mais il ne faut pas que tu te laisses retarder par les moyens. Tu es au-dessus de tous, Victor, ne l'oublie jamais. Rien ni personne ne doit jamais te retenir.

Il le savait puisqu'elle le lui répétait avec une admirable constance depuis quinze ans et c'était précisément pour cette raison qu'il voulait partir.

Le petit singe était revenu à la charge avec prudence et obstination jusqu'au jour de la victoire où, enfin, Clotilde avait été invitée à goûter un samedi après-midi. Ces quelques heures s'étaient, somme toute, assez bien passées grâce aux innombrables recommandations préalables de Victor. Lorsqu'il l'avait raccompagnée en bas de l'escalier, Clotilde avait conclu d'un :

— Pauvre vieux. Putain, ça craint un max, chez toi !

En dépit d'une formulation qu'il jugeait un peu abusive, Victor avait trouvé que Clotilde manifestait un indiscutable don pour la synthèse.

Les choses s'agençaient assez bien et la feinte mièvrerie de Clotilde avait fini par séduire le rictus maternel. Victor s'était donc attelé à la deuxième phase de son plan : pousser la dame blanche, Léonora. Sa mère ayant une aversion systématique pour toutes les femmes plus jeunes, plus jolies, plus drôles, plus intelligentes qu'elle, ce qui représentait une colossale population, les choses exigeaient une subtilité sans faille. Pourtant, la curiosité l'avait emporté finalement sur la jalousie et Léonora avait été invitée à prendre « un doigt de porto ». L'émoi de Victor était à son comble et il n'en dormit pas la nuit précédente. Il était hors de question de recommander à Léonora de jouer les idiotes et de se grimer en laide, elle ne saurait pas, ne pourrait pas. Sa mère avait lancé son invitation pour un jeudi soir, à 7 heures, parce que « on n'a pas à garder les gens à dîner, le lendemain tout le monde travaille ».

Victor avait vécu les préparatifs de la cérémonie du « doigt de porto » dans une espèce de transe, manquant fondre en larmes à la vue des quelques cacahuètes qui nageaient, perdues au milieu d'une petite soucoupe. Il avait suggéré dans un murmure que l'on ajoute quelques chips mais sa mère avait rétorqué sèchement : « J'espère que ces femmes ne viennent pas pour s'empiffrer », aussi n'avait-il pas insisté. Lorsque la sonnerie aigre de la porte avait retenti, Victor avait cru qu'il allait vomir son cœur tant il lui remontait dans la gorge. Faisant un effort surnaturel, il était parvenu à se lever du fauteuil *pouf* pour déclarer à son père, qui d'ailleurs ne manifestait aucun désir d'accueillir leurs invitées : « J'y vais. » Sa mère était sortie précipitamment de la cuisine pour prendre sa place debout devant le canapé, les mains jointes sur son ventre creux. Il avait retenu son souffle et ouvert la porte. Elle était lumineuse et lorsqu'il avait enfin respiré bouche ouverte, il avait eu l'impression d'avaler tout un éclat de lumière. Il les avait conduites jusqu'au « grand salon » comme l'avait baptisé sa mère, par opposition à rien du tout puisque l'appartement n'en renfermait qu'un. Victor avait fait les présentations, demeurant debout, déchiré entre sa terreur d'un échec et son envie de sourire de tout, bouleversé parce que la hideur de la pièce était comme phagocytée par le rayonnement de Léonora. Celle-ci s'était installée sur le canapé et immédiatement, Sidonie avait été contre elle, le menton posé sur sa jupe à plis. Victor avait adoré le geste machinal de la longue main sur laquelle s'allumait une grande bague ovale en ambre, qui se posait sur la chatte, la caressait comme si elle avait toujours été là. Sa mère avait froncé les sourcils et sifflé :

— Cette bête est insupportable. Poussez-la, ma chère.

— Non, laissez. J'aime beaucoup les animaux.

Clotilde avait-elle « briefé » sa mère et l'avait-elle encouragée à « putasser » comme elle disait, toujours est-il que « le doigt de porto » fut un enchantement. Léonora s'était lancée dans un éloge flamboyant de Victor qui avait fait venir les larmes aux paupières maternelles. Elle avait remercié, vanté, célébré les « invraisemblables capacités intellectuelles » avec un charme, une douceur si convaincante que la mère de Victor, subjuguée, l'avait écoutée presque dévotement et avait conclu d'un :

— Vous savez, j'ai toujours pensé que les gènes y étaient pour quelque chose.

— Oh, sans doute, oui. Mais c'est un matériau brut qu'il faut savoir orfévrer, avait répondu Léonora, suave.

Victor, essoufflé d'admiration, s'était demandé si elle avait longuement répété toutes ces conneries avant de venir ou si elle avait pour le théâtre un don inné.

Après leur départ, la mère de Victor avait résumé cette glorieuse prise de contact au profit de son mari, qui attendait le diagnostic de sa femme pour réagir de façon appropriée :

— Eh bien vois-tu, Jacques (car son père s'appelait Jacques), voilà ce que j'appelle une femme sensée. Elle est lucide. Tu sais, moi les mères qui croient avoir pondu la colonne, je trouve cela d'un grotesque.

Rasséréné parce qu'enfin il savait quoi répondre, il avait déclaré, péremptoire :

— Ah oui, Suzanne, c'est exactement ce que j'allais dire : une femme lucide !

Victor n'en croyait pas ses oreilles. Du coup, il lui avait semblé que la masse d'aigreurs, pour ne pas dire de rancunes qu'il avait accumulées contre ses parents fondait substantiellement.

A force de subtilités, de questions biaisées, il avait fini par apprendre dans les jours qui suivirent que Léonora avait été libraire non loin de Montpellier. Il crut comprendre qu'elle avait vendu sa librairie en catastrophe à la suite d'un « problème nerveux ». Il n'avait rien pu tirer d'autre de Clotilde, si ce n'est qu'elle n'avait pas connu son père, mais qu'elle avait une superchouette grand-mère, la mère de Léonora.

Il y eut deux autres « doigts de porto » tout aussi concluants au cours des deux mois suivants qui devaient les mener aux vacances scolaires. Victor piaffait d'impatience car l'éclatant symbole qui, selon lui, permettrait de passer à la phase trois était une invitation à dîner. Cependant, cette série d'apéritifs était suffisamment inhabituelle pour constituer un excellent présage et il rongea son frein avec diplomatie.

La perspective de deux mois de vacances bretonnes, le premier spécifiquement maternel, le second massivement parental n'enchantait pas Victor. D'autant que Sidonie détestait cet interminable voyage qu'elle passait couchée dans sa cage, marquant ensuite sa désapprobation par un mutisme obstiné et hautain qui pouvait durer deux jours. S'y surajoutait cette année-là l'étrange douleur du manque de Léonora. Ce chagrin silencieux ne devait pas le quitter au cours des quatre premières semaines, l'accompagnant partout, grimpant à marée basse les rochers avec lui. Il l'occupait lorsque Victor faisait semblant d'écouter sa mère, couvrait le cri âcre des mouettes qui piquaient vers les dunes, s'inscrivait entre les lignes de ses cahiers de vacances studieuses. Sa mère entendait qu'il conforte une avance scolaire substantielle qui le séparait déjà de plus de deux ans du reste de la meute de ses camarades, encore que le terme « camarade » ne décrivît dans son cas qu'une proximité topographique.

— Qui n'avance pas, recule, c'est fatal, mathématique quasiment, déclarait sa mère, un index tendu vers le ciel comme un paratonnerre.

Elle scrutait la plage, tirant vers elle Victor dès qu'un autre jeune menaçait de s'approcher de lui, sifflant à son oreille « il ou elle va te retarder » comme si la normalité ou le retard scolaire était une maladie terriblement contagieuse. Lorsque Victor avait demandé : « Me retarder pour où ? », elle avait crispé les lèvres en cul de poule et répondu :

— Je me comprends. N'oublie jamais, tu m'entends bien, n'oublie jamais donc, que tu es très supérieur à tous les autres.

Les vacances s'étaient donc écoulées, monotones et ennuyeuses jusqu'à la démesure. Victor, pourtant, avait fait des efforts en tentant de reprendre à zéro une passion quelque peu avortée pour la collection d'anémones de mer, poussant la détermination jusqu'à faire le siège d'un pharmacien de Quimper pour qu'il lui recopie l'analyse minérale de l'eau de mer. Il n'en demeure pas moins que les anémones en processus de domestication avaient crevé, finissant par dégager une telle odeur de pourriture marine qu'il avait dû les jeter, non sans un certain soulagement. Sa mère avait mis à profit ce rapprochement géographique avec son fils et leur isolement pour « réfléchir à ce qu'il souhaitait faire plus tard », c'est-à-dire le convaincre à l'usure qu'il voulait « faire l'ENA » ou, au pire, Polytechnique. Elle avait prévu une retraite peu glorieuse « aux Ponts » en cas d'échec total. Victor, pour une fois, s'était abstenu de toute repartie caustique dans le genre « Mais ce n'est pas un métier, c'est une école », d'une part parce que la causticité passait très au-dessus du cerveau maternel mais aussi parce qu'il tenait à ce que son humeur un peu moins acariâtre persiste et bénéficie au rapprochement avec Léonora. Il passerait son bac l'année suivante et dans trois ans, il était majeur.

Comme il fallait s'y attendre, l'ennui répétitif de ces jours qui passaient et se ressemblaient tous connut une nette inflation à l'arrivée paternelle. Malheureusement, et qui eût cru que cet adverbe pourrait un jour s'appliquer à la courte survie d'un ennui, il devait être bref.

Victor joua avec les petites oreilles veloutées et arrondies de Sidonie qui inclina la tête sur le côté en ronronnant de plus en plus fort. Il se souvenait de cette scène comme si c'était hier, avec la même crispation juste sous le sternum, la même envie de pleurer.

Depuis deux jours qu'il était arrivé, son père se promenait en rond dans le gîte rural qu'ils louaient tous les ans, la mine gourmande comme s'il suçait un caramel, l'œil pétillant de malice comme s'il ressassait l'excellente blague qu'il allait leur conter. Les joues de cet homme à la pâleur presque grise, avaient rosi lorsqu'il avait déclaré soudain en se redressant :

— Victor, monte dans ta chambre (puis d'un ton théâtral), ta mère et moi devons causer.

Sur le coup, Victor s'était demandé s'il avait une maîtresse, s'il quittait le foyer. Le burlesque d'une telle hypothèse l'avait rapidement convaincu qu'il s'agissait d'autre chose. Sa mère, pressentant quelque drame qui lui offrirait une opportunité unique de déverser des torrents de sanglots, s'était

168

levée d'un hideux fauteuil en tapisserie pour
déclarer :

— Eh bien, Victor, tu as entendu ton père.
(Puis, une main sur le sein, les yeux écarquillés
et déjà pleins de larmes :) Mon Dieu, Jacques,
que se passe-t-il ?

Victor était monté, avait ouvert la porte de sa
chambre pour pouvoir la claquer mais il était
resté accroupi en haut de l'escalier. Son père
avait commencé d'un ton vibrant de triomphe
et de quelque chose que Victor avait fini par
identifier comme étant de la pure méchanceté.

— Je te le dis, Suzanne, j'ai toujours senti que
quelque chose clochait chez cette femme. C'est
que j'ai du pif, tu le sais ça, que j'ai du pif.

— Ah mon Dieu, Jacques, mais que me dis-
tu !

— Attends, attends, tu vas voir. Tiens-toi bien.
D'abord c'est une fille-mère, le père de Clotilde
s'est tiré vite fait. A mon avis, le bonhomme a
dû vite comprendre qu'il avait pas décroché la
timbale. En plus, c'est même pas sûr que la
gosse soit de lui. Ça, y'a que les bonnes femmes
qui savent, je dis pas ça pour toi, bien sûr. Elle
a vendu une librairie qu'elle avait dans le Sud
pour une bouchée de pain, et une belle librairie
à ce qui paraît. Et tu sais pourquoi ?

Haletante, sa mère avait presque crié :

— Non, non, dis-moi.

— Pour fuir le scandale, voilà pourquoi.

— Oh mon Dieu, vite, quel scandale ?

— Elle tripotait les gosses !

Victor avait failli s'affaler en haut de la rampe
et un léger décalage avait précédé la réponse de
sa mère :

— Quoi ?

— Tu m'as bien entendu, Suzanne, elle tripotait les gosses ! Ah, c'est dégueulasse.

— Mais comment as-tu appris cela ?

Victor ne s'était pas étonné qu'elle ne mette pas une seconde en doute cette monstrueuse accusation, pourtant, il lui fut vaguement reconnaissant de ne pas poser cette question de son habituel ton ravi.

— C'est par Bernard, tu sais le prof de gym qu'avait Victor l'année dernière et qui est un ancien copain de régiment. Je l'ai rencontré par hasard au tabac il y a deux jours. C'est une source sûre puisqu'il le tient lui-même d'une prof de français du lycée qui était en poste à Montpellier au moment du scandale. Paraît que ça avait secoué les gens du coin.

— Ah, il y a de quoi. Mais quelle, mais quelle...

— Salope, tu ne peux pas le dire, Suzanne, mais moi, je suis un homme et j'ai pas peur de le dire. C'est moche pour la gosse. Quand tu penses que des salopes comme ça ont des enfants alors qu'il y a des gens bien qui peuvent pas ! Remarque, d'un autre côté, les chiens font pas les chats et si ça se trouve, la gamine ressemble à la mère.

— Ah ! mon Dieu, et Victor ? Il est si naïf. Tu sais bien Jacques : ce genre de développement intellectuel s'accompagne souvent d'une immaturité psychologique chez les garçons. Et si cette femme... Je n'ose pas y penser. Ah non, je vais lui interdire de les revoir, surtout elle !

Il avait semblé à Victor que l'air faisait défaut en haut de cet escalier depuis un moment. La tête lui tournait et il était incapable d'aligner deux pensées cohérentes. Il avait fait un gigantesque effort pour se relever sans bruit et se traîner jusque dans sa chambre. Des hoquets de plus en plus rapprochés lui avaient coupé le souffle et il avait suffoqué plié en deux sur son lit. Une boule dure s'était formée dans sa gorge, grossissant comme un gros crachat et lorsque enfin une quinte de toux l'avait expulsée, il avait fondu en larmes. Il était resté ainsi, couché sur le dos, les bras repliés sur son visage, s'étonnant de ce que les larmes qui s'écoulaient en suivant le sillon de ses paupières empruntent toujours la même direction, dévalent vers ses oreilles en se rafraîchissant progressivement. Il avait ouvert la bouche pour respirer profondément parce que son nez était bouché. Une écharpe chaude et tendre s'était alors enroulée autour de sa gorge et Sidonie s'était faite légère pour ne pas l'étouffer. Le murmure de la grande persane qui n'était pas vraiment un ronronnement, mais plutôt un son qu'elle produisait pour lui faire savoir qu'elle était là, avait apaisé progressivement les sanglots de Victor. Lorsque enfin il avait ouvert les yeux, il avait plongé dans ce regard bleu, silencieux et mouvant, qui l'accueillait.

Ce qu'il devait ensuite nommer « la conversation de Quimper » devait encore durer deux heures. Il s'était interdit d'imaginer les innombrables répétitions, déformations, suggestions qui occupaient le bas pendant tout ce temps. Quant à lui, il ne pensait rien. Lorsqu'il était descendu pour dîner, il s'était recomposé, s'aidant du silence qui avait envahi le moindre recoin de son corps, pénétré dans chacune de ses cellules. Il avait mangé sans regretter, pour une fois, la sécheresse des plats maternels puisqu'il semblait qu'elle cuisinât comme ses membres, nerveux, secs et arides.

La nuit, une nausée violente l'avait précipité dans la salle de bains. Il avait vomi, et vomi encore, jusqu'à ne plus rien vomir qu'une sorte de salive diluée qui prenait des reflets rosâtres contre l'émail blanc de la cuvette. Il devait être malade comme un singe toute la nuit et découvrir du même coup la souffrance.

Le lendemain, il avait décidé que sa tête abriterait un vide indolore jusqu'à leur retour à Paris. Il ne savait pas ce qu'il ferait alors, ni même s'il ferait quelque chose. Pourtant l'ombre tenace de Léonora l'accompagna durant les trois dernières semaines de vacances, pourtant il ne douta jamais que son sourire était magique. Il n'avait pu déterminer ce qui l'emportait chez lui de la rage d'avoir été, en quelque sorte trahi, ou de cet imprécis dégoût qu'il ressentait lorsque ce genre de relation était évoqué.

Il lui avait progressivement semblé que les hurlements et les vagissements maternels n'avaient jamais été aussi stridents, continus, mais peut-être était-ce parce que Léonora était parvenue à les assourdir, avant.

L'année de terminale avait commencé comme une sorte de désert. Il avait décliné, à deux reprises, l'offre de déjeuner de Clotilde qui avait conclu :

— Putain, mais t'es d'un maussade mon pote ! C'est la gourme ou quoi ?

Enfin, il s'était décidé et séchant le cours de gymnastique de ce mercredi, il avait sonné chez Léonora. Elle avait eu l'air surprise mais ravie de sa visite et n'avait pas commenté son absence de trois mois. Elle portait un caleçon de danseuse noir et une ample chemise blanche par-dessus.

— Rentre, Victor, tu veux un thé ?

— Non. C'est quoi cette histoire de Montpellier, avait-il demandé brutalement parce qu'il avait peur de fondre en larmes.

Léonora avait fermé les yeux et son soupir était descendu jusqu'à ses épaules :

— Ce n'est pas possible. Ça ne cessera jamais, avait-elle murmuré.

— C'est vrai ?

Elle avait rouvert les yeux et demandé d'un ton très doux :

— Qu'est-ce que tu en penses ?

Soudain hargneux parce que la boule recommençait à grossir dans sa gorge, il avait jeté :

— C'est un peu facile comme pirouette, non ?

— Non, rien n'a été facile. Tu l'as cru, n'est-ce pas ?

— Dis-moi la vérité, Léonora.

Il avait vu le regard devenir liquide et elle avait dit en baissant la tête :

— Si. Tu les as crus, ou du moins as-tu douté. Je le vois à tes yeux. (Elle avait regardé par-dessus sa tête et continué doucement :) Sors d'ici Victor, maintenant. Ne reviens pas, n'est-ce pas, plus jamais !

Elle l'avait poussé gentiment jusqu'à la porte et il s'était retrouvé comme un con, le dos plaqué contre le panneau de bois laqué bleu marine. La

173

seule pensée qui lui avait traversé le cerveau à cet instant, c'était qu'il venait de tout perdre d'elle, à l'exception d'une « anthologie de la poésie féminine française » qu'elle lui avait prêtée avant les vacances.

Le lendemain pendant la pause où les lycéens s'agglutinaient autour des deux percolateurs du petit bâtiment en préfabriqué qui avait poussé au milieu de la cour, Clotilde avait marché sur lui, poings fermés.

— T'es vraiment une tache de beauf, Du Connard ! C'est génétique la connerie et la malveillance chez vous ?

Et elle avait cogné, de toute sa force et de tout son chagrin et Victor s'était laissé faire, sans bouger, sans riposter, sans reculer, d'abord parce qu'il ne savait pas comment la maîtriser et ensuite, surtout, parce qu'il avait l'impression que c'était Léonora qui le frappait, qui se vengeait et qu'il le voulait.

Quelques jours s'étaient encore écoulés, tendus d'une sorte de douleur confuse mais tenace. Même sa paresse, même ses interminables rêves éveillés dont il avait espéré une action thérapeutique fuyaient devant le vide de sa tête, qui finissait par ressembler à un immense hall de gare ouvert à tous les sons maternels. Ce vilain contralto nasillard lui collait la migraine. Cette nuit-là, il s'était réveillé vers minuit, les tempes vibrantes des pulsations de son sang. Il avait ravalé avec peine la salive qui s'était accumulée dans sa bouche, repoussé Sidonie et s'était levé sans bruit pour chercher des comprimés dans la salle de bains. Un son étonnant l'avait arrêté devant la chambre parentale : comment une

174

gorge humaine pouvait-elle produire ce murmure glapissant, ou ce glapissement murmuré ? Il avait écouté le débit insistant de sa mère :

— Mais non, Jacques, il faut être raisonnables. Bien sûr, on ne peut pas demander cela au Dr Delbart, d'abord, le cabinet est à cent mètres et puis Madame Leprince est cliente. Tu sais comment sont les gens, médisants et mesquins.

Le Dr Delbart était le vétérinaire de Sidonie et Madame Leprince une des voisines les plus bavardes de l'immeuble. Alors que les petits échanges entre ses parents ne présentaient pas le moindre intérêt pour lui et qu'il se « débranchait » en général, comme disait Clotilde avant qu'elle ne le déteste, Victor avait plaqué son oreille contre le panneau de la porte de la chambre. Sa mère avait emmené Sidonie chez le vétérinaire, deux jours auparavant pour ses rappels de vaccins et soudain, Victor avait été terrorisé à l'idée que peut-être la chatte se mourait d'une incurable maladie qu'on lui avait tue pour ne pas le peiner. Il avait entendu avec difficulté le murmure indécis de son père :

— Oui, mais et Victor, qu'est-ce qu'on va lui dire ?

— Oh, écoute Jacques, avait rétorqué sa mère d'un ton déjà excédé, Victor a quinze ans, il n'a plus besoin d'un animal pour lui tenir compagnie. D'autant que cette bête a neuf ans. Elle a fait son temps. Et puis, que veux-tu, une gingivite chronique, ça veut dire une visite bimensuelle chez le vétérinaire, plus les médicaments. Peut-être même une extraction dentaire. Je préfère que ça reste dans notre poche plutôt que dans celle du vétérinaire ou du pharmacien. Ils ont des produits fulgurants, maintenant. C'est très rapide et les animaux ne souffrent pas.

— Tu as peut-être raison, Suzanne. Et puis, c'est une contrainte, un animal.

— Je ne te le fais pas dire, Jacques.

Victor était resté pétrifié durant quelques instants, se demandant si tout ceci n'était pas un cauchemar, s'il avait bien compris que sa mère organisait le meurtre de Sidonie, puisqu'il ne peut y avoir euthanasie que lorsqu'il n'y a pas souffrance et qu'il souffrait déjà.

Il avait rejoint Sidonie qui l'attendait calmement, couchée sur l'oreiller posé à côté du sien, les pattes élégamment repliées sous elle. Il avait cherché, le reste de la nuit, une solution pour protéger la chatte, en vain.

Le lendemain, il avait emporté avec lui une partie de l'argent que sa mère lui donnait toutes les semaines et qu'il ne dépensait pas, avant parce qu'il n'avait envie de rien et depuis Léonora parce qu'il ignorait ce qui lui plaisait. Sa migraine l'avait accompagné au lycée, s'installant à sa table avec lui, et son poids lui avait fait encore pencher davantage la tête vers les gribouillis gravés dans le Formica par de précédentes promotions d'ennui. A la pause, il s'était avancé vers Clotilde.

Elle avait pincé les lèvres et serré les poings.

— Il faut que je te parle, Clotilde.

Mauvaise, elle avait répondu entre ses dents serrées :

— Casse-toi, tête de cul.

— C'est sérieux. Tu peux cogner si tu veux, mais il faut que je te parle. J'ai besoin de toi.

Il avait semblé à Victor que quelque chose se bouleversait dans le regard à la fois si semblable et si différent de celui de Léonora.

— Si tu veux, je t'invite au chinois. J'ai pris de l'argent.

— Je sais pas. Léonora ne va pas bien. Je sais pas si je devrais la laisser.

— Qu'est-ce qu'elle a ?

Sèche, elle avait rétorqué :

— Elle a que les connards et les méchants la rendent malade, très malade. Elle n'arrive pas à s'y faire.

— Ecoute, Clotilde, je m'en veux. Je suis vachement malheureux. Et en plus, ils veulent faire piquer Sidonie.

Clotilde avait hésité :

— Bon, je vais appeler Léonora. Si je sens qu'elle ne va pas du tout, je ne viens pas, d'accord ?

— D'accord.

Deux heures plus tard, ils s'étaient installés à une petite table dans ce restaurant chinois de la rue Molton. Le restaurant était désert, pas trop bon mais pas cher. Victor avait eu la sensation qu'il venait de sauter dans l'âge adulte d'un coup, parce que c'était la première fois qu'il invitait qui que ce soit. Cette constatation lui avait déplu. Il avait commencé par la question qui l'obsédait depuis tout à l'heure :

— Comment elle va ?

— Pas génial. Un peu mieux que ce matin, je crois. J'ai failli sécher le bahut. Mais elle m'a dit qu'elle avait repris ses médicaments.

— C'est un genre de dépression ?

— C'est pas un genre, non. C'est une putain de dépression, en béton massif.

— C'est à cause de Montpellier ?

Elle l'avait regardé fixement, avant de répondre :

— Ouais, c'était un petit bled, à quelques kilomètres de Montpellier. Tu l'aimes ?

— Je ne sais pas. Tout ce que je sais, c'est qu'avec Sidonie, c'est ce que j'ai de plus important.

— Alors pourquoi tu as fait ça ? Pourquoi tu as cru les autres en priorité ?

— Je crois que leur médiocrité finit par me contaminer. Des fois, maintenant, j'ai peur. Il faut que je me contrôle parce que j'ai l'impression que je pourrais penser presque comme eux.

— Putain, ça craint.

— Oui. Ecoute, Clotilde, ne te fâche pas, mais qu'est-ce qui s'est vraiment passé, là-bas ?

— La vertu populaire qui s'est déchaînée sur une femme seule, jolie donc dangereuse, mère célibataire qui ne s'habille pas comme tout le monde et qui ne parle pas comme les autres.

Elle s'était interrompue, jouant avec ses baguettes à pousser ses beignets de crevettes trop gras. Enfin, elle avait levé le regard vers lui et Victor s'était rendu compte que Clotilde aussi savait pleurer. Elle avait murmuré, tentant de contrôler le tremblement de sa voix :

— Putain, ça a été une vraie curée.

— Ils ont parlé de « gosses » chez moi.

Elle avait ouvert grand les yeux et le pli de sa bouche s'était étiré :

— Un gosse ? Attends là, tu déconnes ? Il avait dix-huit ans le gosse à l'époque et je peux t'assurer qu'il n'avait plus peur du feu depuis longtemps. Il venait souvent à la librairie. Un grand blond avec les cheveux coupés au carré. Moi, je trouvais qu'il faisait pétasse mais Léonora disait qu'il était gentil et fin. Elle s'est pris d'affection pour lui parce « qu'ils partageaient un goût commun pour la poésie ». Putain, à mon avis, il savait même pas comment ça s'écrivait. Et puis, il a commencé à se faire inviter à la maison. Il restait à la librairie avec elle après la fermeture. Il a commencé à la draguer sérieux. J'ai tenté de mettre Léonora en garde, parce qu'il faut te dire que le mec en question était en terminale dans le même lycée que moi et qu'il abandonnait vite fait la panoplie du parfait-petit-poète lorsqu'il s'agissait d'étaler une fille. Elle m'a dit que c'était des racontars. Léonora ne voit le mal nulle part, parce qu'il n'est nulle part en elle. Lorsque enfin elle a compris que quelque chose n'était pas normal, elle l'a gentiment mis à la porte. Je ne sais pas s'il avait fait un pari avec ses potes ou quoi, mais il a soutenu qu'il couchait avec elle. Ça a fait le tour du bled et puis deux autres débiles ont prétendu qu'elle leur avait fait des avances. Il y en avait un de quatorze ans. On les avait jamais vus à la librairie ces deux-là, mais c'est pas grave : ça a pris plus vite qu'une mayonnaise. Tout le monde lui est tombé dessus, on a reçu des lettres d'insultes, de menaces. Plus personne ne venait, les gens ne la saluaient plus. Elle a essayé de parler au mec, le premier, de discuter quoi. Il l'a envoyé chier et il a maintenu ce qu'il avait dit. Alors, elle a plongé. J'ai réussi à la décider de vendre, de se tirer de ce coin pourri. C'était pas vraiment un super-plan parce que ça sous-entendait qu'on fuyait, donc qu'elle était coupable, mais elle ne bouffait plus. Elle passait des nuits entières assise, en bas dans la librairie.

— Mais pourquoi ne s'est-elle pas défendue ? Elle pouvait faire un procès, se battre...

— Elle ne sait pas. Elle n'a jamais su. Elle a toujours eu l'impression qu'être bien, c'était une protection suffisante. Quelle connerie ! Elle en prend plein la gueule, mais elle ne sait pas rendre les coups. C'est comme avec mon père. Il avait omis de lui préciser qu'il était marié avec des gosses. Un oubli quoi. Il s'est tiré et elle n'a rien fait. Tout ce qu'elle trouve à me dire lorsque j'en parle c'est « Après tout, c'est grâce à lui que je t'ai ».

Ils étaient demeurés silencieux, buvant leur thé au jasmin presque froid. Victor hésitait entre une rage folle et une tendresse qui lui faisait trembler les jambes. Demain matin, il sècherait le lycée. Il irait voir Léonora. Il lui dirait... Il lui dirait des tas de trucs. Il lui parlerait de Sidonie, de sa mère, se forçant à sangloter devant la commode, de son père qui faisait tomber ses clefs ou son journal au passage de Madame Leprince ou de Mademoiselle Dumont pour pouvoir jeter un regard humide et gras sous leurs jupes en se baissant pour les ramasser. Et puis, il supplierait Léonora de lui pardonner parce qu'il avait failli, parce qu'il avait pensé de la même façon qu'eux. Clotilde avait cassé le silence à la fois pesant et bienveillant qui s'était installé entre eux :

— Et la chatte ?

180

La rage était revenue d'un coup et sa voix avait tremblé lorsqu'il avait répondu :

— Ils vont la faire piquer. Quinze balles de médicament par mois, c'est trop cher pour leur petite âme. Je ne sais pas quoi faire.

Elle avait regardé les larmes qu'il retenait au bord des paupières depuis un moment et baissé les yeux en murmurant :

— Tu peux nous l'amener si tu veux. T'auras qu'à dire qu'elle s'est tirée. Tu la verras quand tu viendras chez nous.

Qu'en quelques mots elle eût sauvé Sidonie, permis qu'il revînt, revive, lui avait coupé le souffle. Il avait senti que des gouttes tièdes coulaient le long de ses joues, mouillaient ses lèvres, sans trop comprendre pourquoi elles avaient choisi ce moment précis.

Cet après-midi-là, Clotilde s'était réinstallée à côté de lui mais ils n'échangèrent pas un mot, pas un gloussement. Elle l'avait quitté au coin de la rue du lycée, après lui avoir dit qu'il pouvait amener Sidonie le lendemain matin, avant le lycée. Pragmatique, elle avait précisé :

— Tu la colles dans un sac. Si tu prends sa cage, ta mère va se douter de quelque chose. La chatte ne s'est pas barrée avec dans l'escalier.

Il avait songé qu'il n'y aurait sans doute pas pensé. Il était rentré, heureux pour la première fois depuis des semaines, et avait jeté le bout-de-saucisse-de-Toulouse-lentilles-fruit-de-saison-du-jeudi dans le vide-ordures.

La sonnerie du téléphone avait résonné quelques minutes plus tard. Un son dur, râpeux, sec, puis un sanglot et Clotilde qui se mettait à hurler :

— Putain, elle est morte ! Putain, elle est MORTE !

Puis le bip-bip qui prouvait qu'elle avait raccroché. Et Victor ne pouvait pas la rappeler parce que ses parents avaient également posé un cadenas qui bloquait le cadran du combiné.

Il avait dévalé les escaliers et foncé, entendant encore et encore le même cri de Clotilde cogner dans son cerveau. Lorsqu'il était arrivé, à bout de souffle en bas de chez elles, avec l'impression qu'il allait vomir son sang, l'ambulance et les pompiers en repartaient. On ne lui avait pas permis de monter voir Clotilde.

Victor avait vécu les deux jours suivants, puis l'enterrement dans un brouillard fiévreux, qui distordait les visages, les objets familiers. Il avait le sentiment d'être sorti de lui-même, de survoler ce qu'il avait jusqu'ici habité. La seule question qui comptait maintenant, et qui seule compterait jamais, n'avait plus de réponse : S'ils n'avaient pas déjeuné dans ce restaurant merdeux, Léonora serait-elle toujours en vie ? Et si sa mère n'avait pas décidé de faire supprimer Sidonie, auraient-ils déjeuné là-bas ? Et si son père n'avait pas déballé sa récolte de ragots venimeux et jubilatoires, Léonora serait-elle retombée malade ?

A la fin de la cérémonie, il s'était approché de Clotilde. Ils n'avaient pas échangé un mot, du reste qu'y avait-il encore à dire ? Mais le regard de la jeune fille avait agrippé le sien durant un long moment et il avait su qu'elle aussi venait de laisser un bon bout de sa vie dans cette allée ombragée de platanes, sous cette épaisse dalle de marbre rose. C'était bien, ils allaient s'y retrouver, juste tous les trois.

Victor et ses parents étaient ensuite rentrés rapidement puisque son père avait pris une « petite matinée ».

La mère avait poussé Sidonie du bout de la chaussure et ôtant ses gants dans la cuisine, avait déclaré :

— Eh bien, tu vois, Jacques, qui fait le mal a toujours du mal. Je ne dis pas que je suis contente qu'elle se soit suicidée, bien sûr, mais on paie toujours tout, tu m'entends bien, on paie toujours tout.

Et il avait semblé à Victor que cet ultime poncif était la seule chose intelligente qu'elle ait jamais dite.

Il composa, indécis, le numéro des pompiers. Un homme lui répondit presque immédiatement :

— Votre nom et votre adresse, monsieur ?

— Victor Brunin. 19, avenue du Pré-aux-Clercs.

— La nature du sinistre ?

Victor réfléchit quelques instants. Pouvait-on réellement définir ce qui venait de se produire comme un sinistre ? L'homme, à l'autre bout du fil, insista :

— La nature du sinistre, monsieur ?

— Je viens de tuer mes parents.

— Hein ?

— Oui, je viens de tuer mes parents, monsieur.

L'homme débita sur un ton incrédule :

— Je vous rappelle.

Et il raccrocha aussitôt. Victor se demanda comment il pourrait le rappeler puisqu'il n'avait pas donné son numéro, mais la sonnerie du téléphone retentit presque immédiatement.

— C'était une blague ?

— Non, monsieur.

— Bon, on appelle le commissariat du quartier. Ils arriveront dans quelques minutes.

— Bien, je les attends.

Il caressa Sidonie que cette série de bruits et de mouvements avait énervée et qui s'était assise sur le canapé, l'air absent mais la queue tapant sèchement le coussin. Qu'allait-elle devenir ensuite ? Peut-être, après tout, Clotilde la prendrait-elle, un peu pour lui, beaucoup pour Léonora ? Elle avait encore sa grand-mère maternelle.

Si le calcul de Victor s'avérait exact, il jouissait d'une bonne dizaine de minutes puisqu'il avait communiqué à l'homme un numéro erroné : il habitait le 23 de la même avenue du Pré-aux-Clercs.

Le temps nécessaire pour savourer une minute qui passe, simplement parce qu'elle passe et qu'elle est unique. Le temps nécessaire pour nettoyer son cerveau de toutes ces prescriptions, proscriptions, obligations qui n'avaient jamais été les siennes. Le temps nécessaire pour oublier ce qu'il n'avait jamais désiré savoir. Le temps nécessaire, surtout, pour goûter le lumineux silence qui régnait dans l'appartement depuis deux heures, plus de cris, de larmes, ni de reproches, plus de piano, ni de leçons enregistrées de mathématiques ou de

philosophie ou de chinois. Plus de valses rin-
gardes, plus de poèmes ou d'alexandrins.

Juste le ronronnement feutré et grave de la
grande persane allongée contre sa cuisse, la tête
posée sur son genou, les yeux clos de passivité
et de satisfaction.

Juste le souvenir du rire grave et étouffé de
Léonora, sa main qui s'avançait dans un geste
sans cause et qui s'arrêtait, suspendu sur du
rien.

Table

Composition réalisée par JOUVE

IMPRIMÉ EN FRANCE PAR BRODARD ET TAUPIN
Usine de La Flèche (Sarthe)
LIBRAIRIE GÉNÉRALE FRANÇAISE - 43, quai de Grenelle - 75015 Paris.
ISBN : 2 - 253 - 14580 - 7